倾听
哈尔滨的诗

[日]加藤淑子 著 [日]加藤登纪子 编 王晓东 译

哈尔滨出版社
HARBIN PUBLISHING HOUSE

黑版贸审字08-2017-003号

图书在版编目（CIP）数据

倾听哈尔滨的诗／（日）加藤淑子著；（日）加藤登纪子编；王晓东译. —哈尔滨：哈尔滨出版社，2018.6

（哈尔滨记忆）

ISBN 978-7-5484-3266-1

Ⅰ.①倾… Ⅱ.①加… ②加…③王… Ⅲ.①随笔-作品集-日本-现代 Ⅳ.①I313.65

中国版本图书馆CIP数据核字（2017）第061694号

书　　名：倾听哈尔滨的诗

作　　者：[日]加藤淑子　著　[日]加藤登纪子　编　王晓东　译
责任编辑：陈春林　韩伟锋　滕　达
责任审校：李　战
封面设计：孜闻书装坊
版式设计：哈尔滨今佳快印有限公司
封面绘画：母绍锋

出版发行：哈尔滨出版社（Harbin Publishing House）
社　　址：哈尔滨市松北区世坤路738号9号楼　　**邮编：**150028
经　　销：全国新华书店
印　　刷：哈尔滨市石桥印务有限公司
网　　址：www.hrbcbs.com　　www.mifengniao.com
E-mail：hrbcbs@yeah.net
编辑版权热线：（0451）87900271　87900272
销售热线：（0451）87900202　87900203
邮购热线：4006900345　（0451）87900256

开　　本：787mm×1092mm　1/16　**印张：**15　**字数：**171千字
版　　次：2018年6月第1版
印　　次：2018年6月第1次印刷
书　　号：ISBN 978-7-5484-3266-1
定　　价：78.00元

20 岁的淑子

一岁的淑子

三岁的淑子

女子学校排球部集体合影（淑子位于后排中央）

17 岁的淑子

京都初识时的幸四郎和淑子

1935年10月10日，在京都宾馆举行婚礼

在哈尔滨的新婚时期,远景为忠灵塔

1938 年和干雄立于中东铁路车辆连廊

与"松花江"新桥店的雇员路巴的合影

1957 年"松花江"店新桥开店
(左后幸四郎,右后淑子)

"松花江"歌舞伎町店前

1962 年春，登纪子东大入学时的全家福
（左起淑子、登纪子、干雄、幸子、幸四郎）

1965 年，登纪子做歌手出道时
（左起登纪子、淑子、幸四郎）

1986年，京都基辅餐厅15周年店庆时的淑子和幸四郎

2006年，在“剧院·松花江青山”分店举行的淑子91岁生日聚会，图为淑子与孙子曾孙们

ハルビン駅——哈尔滨火车站
鉄路局——铁路局
大直街——大直街
植物園——植物园
大馬家溝河——大马家沟河
車站街——车站街
ハルビン神社——哈尔滨神社
ヤマトホテル——大和酒店
義州街——义州街
秋林洋行——秋林洋行
マリヤ·二コラーエヴナの家——玛利亚·尼古拉耶夫娜的家
中央寺院——圣·尼古拉教堂
ホテルニューハルビン——新哈尔滨宾馆
吉林街——吉林街
サハロフの家——萨哈罗夫的家
奉天街——奉天街
花園街——花园街
遼陽街の軍官舎——辽阳街的军官宿舍
遼陽街——辽阳街
ハイラル街——海拉尔街
傅家甸——傅家甸
極楽寺——极乐寺
ロシヤ人墓地——俄国人墓地

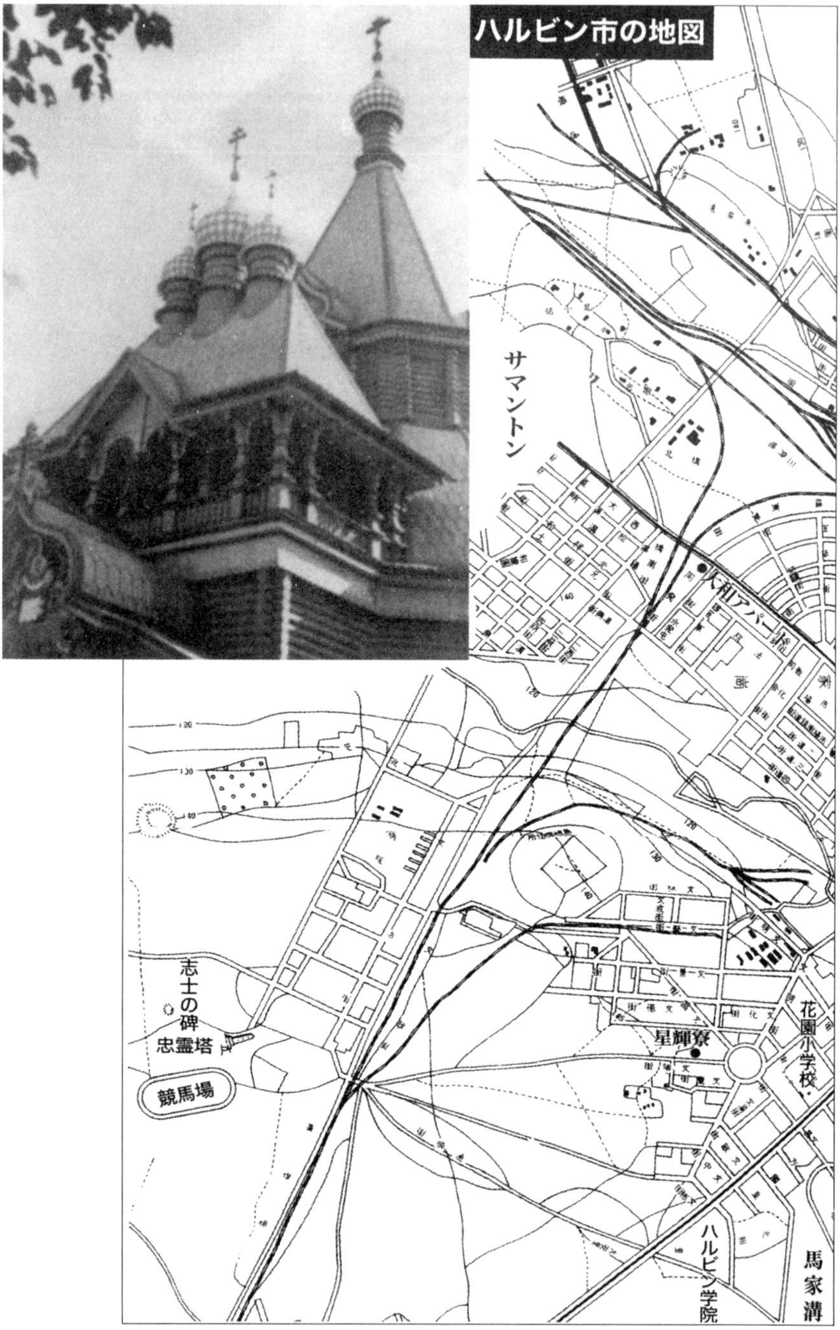

サマントン——萨默顿
大和アパート——大和公寓
ハルビン高女——哈尔滨女子高中
花園小学校——花园小学
星輝寮——星辉宿舍
馬家溝——马家沟
ハルビン学院——哈尔滨学院
志士の碑——烈士碑
忠霊塔——忠灵塔

競馬場——赛马场
ザトン（入江）——湖茬
太陽島——太阳岛
ソンガリー——松花江
ヨットクラブ——游艇俱乐部
ソンガリー鉄橋——松花江铁桥
山内家——山内家
松浦洋行——松浦洋行
キタイスカヤ（中央大街）——中央大街

新城大街——新城大街（今尚志大街）
登喜和百貨店——登喜和百货店
地段街——地段街
中央市場——中央市场
名古屋ホテル——名古屋旅馆
買賣街——买卖街
桃山小学校——桃山小学
モデルンホテル——马迭尔宾馆
ハルビン市公署——哈尔滨市公署

目　录

MULU

第二章　稠李树荫下

第三章　战火渐燃的城市

序　言

XUYAN

此刻的我们，立于松花江边。

略有淤塞的江水下，河岸的石堤自不待言，就连河底的沙地都清晰可见。

三层石堤堆叠着，两岸的石堰历久弥新，守护着沼泽般绵延开来的大河松花江。石堤又渐次堆叠上了新石，色彩各异的三层石堤间，历史的印记悄然展现。

初见此景，心中唯感惊奇。

我总是不免惊叹：无论何时相见，这里的水量总是如此充沛。在这条深不见底的江里，此时此刻正在发生着些什么呢？

此时一群人正嬉闹着蹚着浅水，渡往不远处的江中小洲。

曾经在波涛滚滚的松花江两岸系有许多船只，船夫们东跑西颠地拉拢客人。而如今再也看不到这般景象了。

对岸便是让我刻骨铭心的太阳岛了。

长长的栈桥头处仍看得见停泊的观光船。

“还是先去太阳岛吧，从哪里去比较好呢？”干雄向导游打听道。

“乘车就能到。”导游回道。

听此回答，我禁不住反问：“嗯？乘车？去太阳岛不是只能坐船吗？”

“如今不一样了，架通了大桥后大家都乘车去呢！”

原来，一切都已今非昔比。

曾经的松花江风貌依然存于心间，虽明白那已成幻影，却仍寻觅着那些相似的东西。

跨越近五十年的风霜岁月，细细回味着与此地的机缘，仍感到不可思议。

一九九二年八月二十日，丈夫幸四郎溘然长逝。适逢京都火葬场捡拾遗骨之时，长子干雄提议道：“将骨灰撒到松花江吧。”

大家相顾无言却并无意见。丈夫的一生，与哈尔滨有着极深的渊源，这一点是大家都明了的。

从那之后经过漫漫半载，终于一九九三年五月的连休，此行得以实现。

干雄夫妇、长女幸子和她的朋友还有我五人同行。

车子驶向上游，穿过路尽头处的新建渡桥，对岸又经过一座小桥，很快就抵达了太阳岛。

一下车，一座白色的三层建筑就映入眼帘。这便是太阳岛的标志——米尼阿久尔餐厅！

在一切皆已陌生的风景中，看到米尼阿久尔餐厅还依然保持着原样，我长舒了一口气。

此般一想，诸多回忆便接踵而至。

以前这附近经常有年轻的俄国男女身着泳衣搭着肩，牵手散步。米尼阿久尔餐厅则时时回荡着俄国旋律的舞曲。

如今这一带虽说变成中心地繁华起来，却少了些许绿意而变得喧嚣杂乱，俨然成了一座游乐场。

沿着岸边走下去，这块地带曾是一片多沙的原野，广阔的沙地上荡漾着海浪般的波纹，如今建起了一座低矮的堤坝延伸向远方。导游解说称："这座堤坝是在一九五七年洪水泛滥的时候，运用人海战术筑起来的。"

我们一行乘上了装有马达的观光船。

船行至江中，风景突然变了。

茶色的江水波涛汹涌，声势浩大地奔流向远方，真不愧为大河松花江啊。

默默凝望着流动的江水，转眼间就到了江水的深处。

"这里应该可以了吧？"

干雄取出装有骨灰的包袱。

"父亲，带您回故土了。"此般言语着，便将包袱中的骨灰轻轻撒入江中。

眺望着骨灰转瞬间被江水席卷而去，我们不由得合掌祈祷。

会流往何方呢？此番种种不等思量骨灰已消失不见。应该会不断流淌着，流过阿穆尔河，流向广阔无比的世界吧。

正当此时，远处的大铁桥上一列列车由南向北驶过。

没错，曾经也是如此。丈夫曾经注视着列车飞速驶过松花江上的铁桥说道："那是哈尔滨发往巴黎的列车，我的梦想就是乘上那辆列车去欧洲啊。"

在曾经和平的大陆还未变得战火连天之前，幸四郎的梦想至今历历在目。一九二九年，幸四郎从京都二中转学到哈尔滨学院，此期间学习了俄语，接触了俄式民谣和俄国人的生活，感受了革命氛围以及宽广的俄国胸怀，并在那里度过了自己的青春。

年轻男子的梦想，肯定是无限宏大的吧。

就职于满铁公司之后，丈夫因工作原因与俄国人关系交深。

即使哈尔滨这座由俄国人建设起来的城市，于一九三二年伪满洲国建立后惨遭战争车轮无情碾轧，幸四郎心中的“俄国热”也从未冷却过。

终战后，回到日本的幸四郎入职国王唱片，负责一部分娱乐圈的工作。归日的生活始终无法抑制住幸四郎对俄国的怀恋。所以当哈尔滨的俄侨（俄国革命爆发后，离开俄国的俄裔居民）撤至日本时，他就盘算着为他们提供容身之处。终于终战后的第十二年，开了家名叫“松花江”的俄式餐厅。

此后的三十五年间，直到八十二岁去世，幸四郎每晚不落地喝着伏特加酒，男中音朗声唱着《斯捷潘·拉辛之梦》，俄国风韵始终在身体里流淌着。

正因为哈尔滨是一座属于流亡他乡侨民（无国籍俄国人）的城市，所以它才洋溢着如此哀伤的美丽俄国的气息。

如今留在哈尔滨的俄国人已极少。在这座日益现代化的中国城市里，已无望寻得往日的气息。

只有这静默流淌的江水似是熟稔往昔一般，充满了难以言说的眷恋。

抛撒完骨灰后，我们乘船上岸后步行走向太阳岛的深处。

郁郁葱葱又光影昏暗的林间，一条柏油路穿梭其中。这条放在往昔绝不可能铺就的气派柏油路着实令人惊叹。

一座四层的砖房建筑就这样映入了眼帘。

“那是医院。”导游说道。这也是以前没有的建筑。

行走于绿丛中，不一会儿便到了交叉路。

仔细探寻周边，仍能发现一些俄式建筑稀稀落落地排列着。如今这些房子虽已陈旧不堪，木质栅栏和阳台却隐约留有风韵。

“这是 дача（俄式郊外别墅）啊！”

我禁不住驻足喊道。

哈尔滨人会在 дача 里度过整个夏天。

从干雄一九三八年夏出生开始，我们每年都会来太阳岛避暑。

在 дача 的生活、与众人的相遇，纷繁的思绪一股脑浮现开来。

一九四五年战争结束，一九四六年遣返回日本时，唯一一张允许带回的照片就是在太阳岛上拍摄的。

那是一张仅存于泛黄深褐色照片中的家族肖像照。

我再一次体会到在哈尔滨生活的始末于丈夫、于我、于我们整个家庭都是无比珍贵的。

昭和十年（一九三五年）到二十一年（一九四六年），仅是短短十一年的哈尔滨生活，然而那却是二十几岁的我的青春啊。

如今身处同地那些痕迹却已消失不在。即便如此，这一切早已鲜活地镌刻心中。

第一章　太阳从地平线升起

《遥远的祖国》

作词 / 作曲 加藤登纪子

聊一聊我出生的城市吧
在这座遥远的北国之城
我于战火中降生
又于幼年间流离

树木摇曳的声音 风中绽放的繁花
绵短的夏日阳光
为何我却能铭记这
不应知晓的风之气息

大地的曙光

昭和十年(一九三五年)十月十日,我与幸四郎成婚,随后踏上了哈尔滨这寸土地,开始了全新的生活。

十月十五日清晨,别过了众多送行的人,我们离开了京都站。

京都站的站前有一片松林,依旧是一副岁月静好的模样。火车站检票口前是一座广场,聚集了很多送行的人。

祖母,父亲,我的兄弟姐妹也在其中。幸四郎的父亲早已去世,全部家业均由哥哥津田喜二郎掌管。

“赶紧去买票。”全权掌控着“升常商店”大买卖的哥哥对掌柜说道。

掌柜张望了下是在哪里买票,走向了普通车票售票处。

不一会儿,掌柜就递来了一张车票:

“车票买来了,凭这就能去哈尔滨了。”

我不禁问道："多少钱？"

"六十一日元。"掌柜答道。

在那个年代，十日元能买到丝绸衣服，也能买到大衣布料。六十日元相当于普通男人一个月的工资，算是一大笔钱。

并且能在卖普通车票的窗口买到去哈尔滨的车票，这一点也使我感到惊奇。

与大家告别后，我们终于要离开京都了。

我穿着自己缝制的酒红色连衣裙，戴着黑色帽子与丈夫和祖母花子照了一张纪念照片。那时花子抱着的是表姐今道芳江的女儿，名叫起世。

我是田中源太郎与藤的长女，生于大正四年（一九一五年），弟弟紧随其后出生，我就被祖母花子抱养，几乎在花子的家中度过了整个童年。芳江是和我在花子家中从小一同长大的姐妹。

女校入学后不久，我成为了加藤花的养女，婚后依然沿用加藤姓。

花子生性自由，喜好艺事，同花子生活每天都很快乐。于我而言，也珍藏了许许多多美好的回忆。

与眷恋的人们离别使我胸中隐隐作痛，而丈夫幸四郎却仍以平素的腔调逗着大家乐。

终于到了出发的时刻，在大家的目送下，火车响起了嘹亮的汽笛声，喷着蒸汽开始缓缓前进。

漫长的旅途开始了。

这对我们来说既是新婚旅行，也是人生的第一个开始。

入夜抵达下关后我们下了火车，从这里乘小船到达门司。

淑子同祖母花子在京都站

门司的码头上停靠着关釜的渡船。

“足有两千吨呢。”丈夫说道。

即便如此我还是不清楚两千吨到底是什么概念,只能仰视着渡船慨叹一句这就是“两千吨啊”。与航行到欧洲与美国的客船相比还是小得多吧,我概念模糊地想着。

我们登船后却着实大失所望:船舱中间的通道仅两侧设有可坐的草席,面目可憎又粗鲁的男人们围坐在坐垫上不知正在打牌还是做些其他事情,角落里堆积着被褥和枕头。

“就在这里睡吗?”我不禁惊叫起来。

丈夫道了句“这也太差了吧!”就转身出去了。

我亦来到外面眺望着海面。

海面漆黑一片,黑暗间有船影晃动着。想着海的彼岸已不再是日本,心就怦怦直跳。

“只补上了一张卧铺票。”

说着,丈夫就带着我前往卧铺舱。看着各个卧铺上都挂着帘子,我的内心终于松了口气。

第二天一大早抵达釜山,我们又要乘坐火车,一整天都奔行在朝鲜半岛西侧。正如听闻的那样,一直位于右手边的山是裸露着赤褐色岩石的秃山。

而左手边则随处可见汪洋大海,甚至都看得见山崖上有一位眺望着大海,抽着烟的老人家。仅此这般,就如水墨画似的静谧美丽。

入夜,便到达了北方边境鸭绿江。

在当时,日本到满洲可先从神户乘船到大连,再从大连坐特快“亚洲号”前往满洲，但需耗时四日，相较而言我们的线路只需三日，丈夫解释道。

火车发出“呜呜呜”声奔驰在鸭绿江的铁桥上。凭窗而望，水面漆黑一片泛着光什么也看不清楚。

很快便到了安东站，我们在昏暗又寂静的站台上站定。

这便是满洲的地界了。

站台上要进行海关检查，于是我们便将行李立在身前。

人影也稀稀拉拉很是冷清。

火车要在此停靠一晚。在火车上过夜实在辛苦，于是我们去了站前旅馆，决定落脚此处歇息一晚。夜已深，我们无暇环顾街景赶忙歇下了。

第二天清晨我们步行约半小时再次乘上火车。

街非常静谧。

“这就是中国啊！”我和丈夫走在前往车站的路上，被这异乡风情深深地吸引。

自京都出发已然度过了两晚，我们可谓是远道而来。

然而，离哈尔滨依旧很远。

天黑了下来。列车驶过奉天、新京后，在黑夜中继续奔驰。

黎明时分，卷起遮光帘：地平线上微微泛起白光，收完粮食的田垄一直延伸向远方。

就这样走啊走啊，景色却未曾改变，这是一片多么广袤的大地啊。

地平线上升起了红彤彤的太阳，在一座家院、一棵树木都没有的大地上，映射下火红的万丈光芒。

我看着这般势不可当的初升太阳,胸中不免感慨万千。

这就是我寻求的风景啊，我就是为了这般景致才来到这里的啊。

我就这样看着车窗外的风景入了迷。

“漂亮吧！”站在旁边的丈夫大声喊道。

抵达哈尔滨站时天已经全亮了。清晨人甚少，我们驻足于出站口。

“这就是哈尔滨？”

是比想象中更要安稳美丽的城市呢。

“伙计！”丈夫大声喊道,很快一辆马车驶了过来。马匹个子矮,腿又短,车夫是位中国人。

丈夫将行李搬上货架,我们坐到了后座位上。

玛利亚·尼古拉耶夫娜的家

宽阔的大马路上行道树整齐地排列着，马车行驶在道路的左侧，没多久就驶离了大转盘。处于中心的是一座朝阳映照的美丽寺院。

“那是喇嘛台，圣·尼古拉教堂！”丈夫说道。

左拐不一会儿马车便停下了。眼前是一座三层建筑物，红色砖墙上嵌着淡黄色的门。

转动门环发出丁零一声，没过多久，门便开了。一位睡眼惺忪的俄国男人走了出来。

“这么大早把人吵醒没关系吗？”我问道。

“这是他的工作，没事儿。”丈夫说道。

我们登上宽台阶的二层，取出钥匙，这次房门是我们自己打开的。

“这就是咱的家了。”丈夫一脸骄傲地说道。而我则满心欢喜地迈入房间。

房间的正面是一扇大窗和通到阳台的玻璃门,透过白色微透的窗帘看得到对面。右手边靠墙处摆放着一张床，左手边置有沙发和一张小桌子，窗前则是一张大大的写字台。漫长路途的疲劳也因终于有了自己住处的欣喜消失得无影无踪。

不一会儿从外面传来了声音。

“是在叫我们呢,走吧！”丈夫说道。一出房间,我们就被这所公寓的房东夫人招呼进了她的房间。

“这位是玛利亚·尼古拉耶夫娜。”

餐桌上俨然准备好了一切。

铺着白色餐巾的篮子里盛着面包,摆放着黄油和别的什么东西。

款待的咖啡里加入了足量的牛奶，装饰着奶油做的白色拉花,这样香醇美味的咖啡我还是第一次喝。

丈夫与玛利亚·尼古拉耶夫娜正在用俄语交谈着些什么,但我什么都没听懂。

“不能再闲散下去了,我去上班了。”丈夫丢下这么一句便出去了。

早饭结束前这段时间,玛利亚不停地同我搭话,明明我什么都听不明白,但她似乎也不太介意。

回到房间我刚解开行李,女仆奥丽雅便走了进来一脸兴致地看着。

奥丽雅的娃娃头上裹着丝巾,还是个十五岁左右的小女孩儿。

她一脸稀奇地看着我一件一件从皮箱里取出的东西。看到有

哈尔滨站

玛利亚·尼古拉耶夫娜的家

圣·尼古拉教堂(喇嘛台)

在幸四郎学习过的哈尔滨学院前

好多和服就会不断地发问：

“这是谁送你的礼物呀？”

听到我答道“这是爸爸送我的”，她又会流露出一副不可思议的样子，似乎想问“怎么会收到这么多的礼物”。

除此之外，她还频频问了些别的事情，但我完全没听明白。

我深切地感受到要尽快学语言了。

于是第二天早上便开始了语言特训。

在幸四郎的工作单位铁路局前

厨房里的俄语课

厨房是我学习俄语的主要场所。

玛利亚·尼古拉耶夫娜信手将目之所及的东西名称教给我，如若赶上她外出，还没待我歇口气奥丽雅便会赶来教我。对于我的鹦鹉学舌，她总会不厌其烦地纠正我直到我准确发音，颇为严格。当她独自一人时，她总是唱歌。

我若是洗衣服她就会跟在身旁，检查污渍是否洗净。

“您要是给我加点工资，我就替您洗。”她说道。

“我自己洗就好。”即便我这样说了，她还是会再看一眼我要洗的衣物。

“脏的地方已经泡下来了，你来洗也没关系了。”她认同道。我不禁对她这样的想法感到惊奇。奥丽雅虽说与读书写字没有多少缘分，却似乎颇有作为女仆的自信——洋装品位很是考究，每次出门都会更换蕾丝衣领，搭配颇为得体。

话说回来，俄国人洗衣服很彻底，甚至到了令人咂舌的地步。先用洗衣板卖力搓洗后放进锅里，不断添柴烧火煮沸，放冷后再用洗衣板使劲儿搓洗后冲洗干净，折腾一番往往耗时一日。

玛利亚·尼古拉耶夫娜的儿子鲍里亚不日就要前往美国，购置了许多内衣、床单和毛巾，因此清洗这些衣物就变成了一个大工程。玛利亚·尼古拉耶夫娜告诉我贴身衣物必须先洗一遍才能穿。

至于鞋子也有很多闻所未闻的讲究。擦地板时同时擦椅子腿、桌腿和床腿已经够不可思议的了，甚至连鞋子里面都要认真擦拭，就连脚上穿着的鞋子都会坐下来耐心擦干净。擦地板时换上白色网球鞋，擦完地板，就用肥皂和鞋刷将鞋刷干净后立在炉灶上。

“为什么要放在这里呢？”我问道。

“这里的余热正好能烘干鞋。”她答道。

若是在日本将鞋子放在神圣的炉灶上，肯定要被禁止的吧。

她擦完地板用手一摸，估摸着没什么灰尘了，便伸手给我看，然后一脸骄傲地说：“没有比我擦得更干净的人了吧？”

厨房的炉灶有时烧柴有时烧煤，炉灶顶部的天花板旁有一个大水罐，烧炉灶时水罐中的水也会加温。水可以用来洗衣服或者泡澡，算是一种便捷的设计了。在压井的深水池子里，可以将热水倒入盆里放在大桌子上清洗餐具或做饭。

此外，我还学会了使用石油炉和酒精炉。

我一开始发愁不知道该在哪里做饭，房东便借给我们一小块带抽屉和推拉门的烹饪台。

后门通到外面的楼梯平台处放有一个大橱柜，上面挂着一把荷包锁，食材全部放在这里面。因为室外温度比较低，大橱柜就代替了冰箱。

玛利亚·尼古拉耶夫娜周三和周六做饭，于是那两日就成了我们的泡澡日。

烹饪日的周三和周六，她一大早就站在厨房里忙活着。

她在巨型圆柱深底锅中放入肉和蔬菜熬制肉汤，将肉块放进烤炉里做成烤牛肉。小麦粉揉和烤制成面包。不做饭的日子里，她就切几片烤牛肉，用肉汤做汤简单完事。

他们家一天当中最重要的一餐是午餐，称为 обеда，从下午两点到四点都会悠闲地围坐在餐桌旁。玛利亚·尼古拉耶夫娜傍晚时分则会化好妆，雷打不动地出趟门。

看戏、跳舞或者游戏一番后，玛利亚·尼古拉耶夫娜喜气洋洋风风火火地带着几位同伴归家，就着伏特加酒和 закуска（前菜）一同围坐在桌子旁，打着麻将和扑克享受着漫漫长夜。

这期间，烧水壶烧着热水，持续不断地发出声响。在茶杯中放入浓郁的红茶，然后注入烧水壶中滚烫的热水。这样的茶喝多少杯都不会腻烦。

碰上幸四郎晚归，玛利亚·尼古拉耶夫娜就坐在我旁边将我介绍给大家。

“喝酒吗？”说着胡子大叔递过来伏特加酒。

“不行！”玛利亚·尼古拉耶夫娜立马大声责备道，大家都笑了。此刻我深感自己像是被玛利亚疼惜着的亲女儿，很是开心。

在哈尔滨买东西

玛利亚·尼古拉耶夫娜房间的墙上挂着一幅巨大的肖像画，是一位留着帅气胡子的绅士，听说是前不久刚刚去世的男主人。因此玛利亚·尼古拉耶夫娜的帽子上别着垂肩的黑色薄纱。

男主人是中东铁路的总务部长，好像是个大人物。这点从所有人都称呼她为“玛利亚·尼古拉耶夫娜”这件事上就看得出来。

俄国人的名字是由名字、父亲名字和姓氏三部分组成。她的全名是玛利亚·尼古拉耶夫娜·伊琳娜。

尼古拉耶夫娜是父称。当人们称呼他人加上父称时，表明那人受到了大家的尊敬。

这么说来还有个小故事。大家都称呼我为“加藤太太”，玛利亚·尼古拉耶夫娜却唤我“淑子”，她经常喊我散步：

“Пойдем（一块儿散步吧），淑子——！”

突然想起了第一次去咖啡店的情景。

从外面一眼就望得见满玻璃橱窗的花，咖啡柜台就设在花店中。一位身材清瘦的中年绅士细心地称量了几种咖啡放到研磨机里磨碎,然后放进信封似的袋子中。

这还真不是我一个初来乍到之人能买得上的!

再来到面包店，架子上摆放着直径足有三十公分的松松软软的白面包，这种面包是按重量单位克来切片的。用的是左右两端有两个秤盘，中央刻着刻度的台秤，面包分量不足时就会加上块火柴盒大小的面包。一般情况下面包超重就会向放砝码的秤盘里加上一块秤砣或者纽扣式样的东西充当秤砣进行称量。黄油也是在秤盘上铺上蜡纸切块称量的。

买东西还真是个大工程呢。

每天早晨都有来卖牛奶的。当提着挤奶罐子的女人在后门露面时，我就会递上固定的白搪瓷锅。那边便用带白搪瓷手柄的杯子量取牛奶倒入锅中。寻常人家每天买一公升左右，我喝不了那么多，就将牛奶倒入汽水瓶做的器皿中带回家。别人告诉我买回的牛奶要即刻入锅煮沸以防变质，我猜想八成是现挤牛奶还未杀菌的原因吧。

那时候听说不远处有集市我就会跑去看热闹。集市上并排开了五六家中国人的店。

最先让我感到吃惊的是入口处躺着一只似牦牛又似鹿的动物，唤作獐。屋檐下垂吊着剥了皮的红兔子还有鲜亮羽毛完好无损的野鸡。

进入店中,空空荡荡的泥地房里,一边放着麻袋装的粮食,一边是收银台,摆放着的玻璃瓶里面装有砂糖、小麦粉、大米、麦片等。

集市街景

地上的木箱里装着土豆、胡萝卜、洋葱等。收银台的后墙处摆有货架，上面排列着瓶瓶罐罐。房间由于只能正面受光，因而略显昏暗。

我用手指着玻璃瓶，尝试着买点大米。

“要多少？”伙计问道。

正当我左右为难不知如何表达时，他又问：

“一公斤吗？”

我点了点头，伙计从玻璃瓶中用铲状的大勺称取大米，替我放进报纸折成的三角包里。我生怕撒了米，只得两手捧着回家。如此看来买米也成了件为难事。

俄国人买鸡的情景同样让我感到惊奇。店家撒一把玉米粒，吆喝一声，立马从四面八方跑来了十几只鸡。买主从中选出中意的鸡后，店家会抓着鸡翅膀让买主摸摸鸡胸脯看看肉质再决定是否购买。

这里的肉店也很特别。一进门就看见了左墙上排列着一头头白条牛，此番景象我怕是只在日本肉店的冷藏室中看到过。

进店的俄国人拿捏着各个部位，心仪哪块儿就给切哪块儿。

肉店老板是中国人，在横切原木制成的切肉墩子上，用菜刀砍肉，那菜刀有点像刽子手用的砍刀。大家都会买下好大一块带走。

这对于我而言似乎也有些困难。

有一天，我在肉铺看到来客冷不防地喊了句"牛排"，老板就应声从冷藏室中取出肉块切成牛排。原来是这样啊，我也学着喊了声"牛排"，终于买上了一块牛排。

听说我想买石油炉，玛利亚·尼古拉耶夫娜的儿子鲍比亚便陪我来到了附近的秋林百货商店。我想着能暂时先用这个炉子对付一下，姑且放了心。

总而言之，买东西真是件苦差事。

而且俄国人的店每天下午两点到四点都会挂上一个写有"关门"字样的白色挂牌，这期间是要关店的。

令我颇为苦恼的是总有这样那样的原因导致我买不成东西。

有人告诉我："在地段街有一家登喜和百货商店。"我去了才发现这里完全就和在日本一样啊。店中饭碗、筷子等商品一应俱全，甚至连筷子盒都有。当然这里也不会两点关店。

说到这儿，想起我曾在名古屋旅馆的餐厅吃过饭，在那里可以点到含有味噌汤、烤鱼、酱菜的日式套餐。

对方说是"想吃日本料理的话可以来这里"，但当时我需求也没有那么迫切，因此并没有那么开心。

周日去公司上司和一直承蒙关照的前辈家中拜访时的所见情景也着实令我惊奇。虽然这些建筑外表看来跟俄国人的并无二致，但家中太太却身着和服，房间里铺着榻榻米，完全是日式风格。

在这条称为地段街的街上，有很多外表虽是西式内饰却颇具日式风格的建筑，招牌写满日文。

开启异乡生活

离开日本时，得知我女校的前辈——山内前辈和光武前辈以及大我两届的松永纪子前辈三人都住在哈尔滨。我对山内前辈和光武前辈的丈夫也甚是熟悉。而大我两届的松永前辈曾是田径队员，上学那会儿，我每天都期待着在体育场上与她相遇。于是我抱着试试看的态度给松永前辈寄了张明信片。

在玛利亚·尼古拉耶夫娜家中安顿妥当后，有天屋外的门铃突然作响，我开门一看，松永前辈笑嘻嘻地站在那里，我竟然有些难以相信。

“家中还有宝宝不能久留，我就住在附近，请到我家来吧！”于是我们便一同出门了。

过了我家门前的马路，对面一侧的林间星星点点地散落着一些砖砌成的平房，那是军官宿舍。从建筑的式样上可以猜测出其沿袭了俄式风格。

前辈的丈夫在军队任职,听说是做建筑相关的工作。

她丈夫不在家时,我们就会一起做饭,我还向她请教了很多事情。

她的家完全改装成了日式风格——装有榻榻米的房间和铺着地板的厨房，矮脚饭桌和碗柜也都是日式的。听说松永前辈从女校毕业后与母亲一起住在因炼铁厂而闻名的鞍山，并在那里结了婚，婚后因丈夫工作调动搬来了这里，在哈尔滨也依然像在鞍山时一样,过着日式生活。

我从大直街绕到旁边的马路上，人行道上积满了松软的落叶,信步其间甚是惬意,中间则是铺满了石子的车道。听说若是柏油路,冬天积雪会导致马蹄打滑而无法行走。

无论是什么建筑,围栏和门到正屋的距离都很远。我甚至想若是在京都这块距离都能盖好几间屋子了吧。

十字路口有块宽阔地带,一些年轻人正在打排球。都跑到马路上打排球了可见排球很流行啊,我愉悦地想着。

某日,幸四郎告诉我要去一趟位于马家沟的原住处。

我们下了电车,穿过树木林立的公园便到了俄国人的家。

我们一进门发现房间很小,床边则坐着一个毕业于大阪外国语学校的人,名叫西山。

房间角落里半开的皮箱上,堆满了小山一般高的各种东西。

“那是我的行李。”丈夫说道。

刚提起行李,衣服间夹带的照片就散落一地,夹杂着书和笔记,手巾和内衣还缠在一起,甚是杂乱。

我把全部东西塞入大皮箱，竟也装下了。我有些困惑地想着：这就是丈夫所有的财产？

我们叫来马车把行李带回了家。

起初，我还对玛利亚·尼古拉耶夫娜家中没有一丁点丈夫的行李感到不可思议，这下终于明白了。

我把书摆上了书架，内衣、浴衣等收进衣柜。一切收拾停当，这儿终于有了家的样子。

男人间的友情

丈夫几乎每晚都会带朋友回家,身边的单身汉们总是在我家小聚。

在这其中,京都二中的后辈尾中一男和哈尔滨学院的铃木三郎经常露面，但这对水火不容的冤家却总是不肯同席。曾有一日铃木三郎对尾中呵斥道:“大阪外国语的无知家伙,快闭嘴！”自此之后,尾中一见到铃木就会悄悄走开。

那是因为铃木比丈夫早一年入学哈尔滨学院,因罹患结核病在老家秋田休养一年后复学，和幸四郎成为了同窗。尾中是丈夫在二中时的后辈,比丈夫小三岁。我还真是有些哭笑不得:男人们竟会用这种方式论资排辈。

他们吃饱喝足畅所欲言,每晚都会讨论国家大事,一副担忧国事,忧心天下事的架势,看上去干劲十足。

他们甚至还异想天开地冒出在西伯利亚建立俄皇尼古拉国家政权的设想，狭小的房间似乎快要容不下他们宏大的畅想。哈尔滨学院比丈夫高一年级的前辈竹森先生和士官学校毕业的米津先生都是了不起的论客，是论辩的核心人物。他们的论辩主题甚是自由，甚至延伸到对日本政府的批判和颇为禁忌的“天皇机关说”。而且还会时不时地询问我：“夫人，您怎么看？”对此我感到由衷欣喜。

如此激辩下，丈夫竟然因醉酒打起了响亮的呼噜！

有时候，男人间情同手足的深情厚谊真令我艳羡。

幸四郎在外面喝得不省人事，每次都是铃木送他回家。

“给他喝点盐水。”

“头部冰敷一下。”诸如此类，铃木总是边言语着边麻利地帮衬着。

丈夫婚前单身时的周身琐事也都是铃木帮忙料理。

铃木像猎犬般敏锐，丈夫则生性爽朗，他们算是一对很好的搭档。

如果有朋友从满洲内陆前来出差，丈夫他们必定会相邀在Центральная улица（中央大街）等地的酒馆。

哈尔滨是满洲的巴黎，在这座城市里有望邂逅美丽的俄国姑娘。“幻想曲”是全城最气派的酒馆，重要的客人必定会在这里招待。在这里还有小品演出和乐队伴奏。

酒馆里的日本人多是男人，叫上几位女士同席点一大桌红酒和高级菜肴。

若是俄国人，则多是夫妇或情侣成对出席，单是点杯咖啡或俄式茶饮就能纵情享受。

日本人没有晚饭后夫妇一同外出的习惯。我也是因为丈夫外出很愿意带上我，才得以多次出入这种场合，即便如此却鲜少遇见日本女人。

哈尔滨学院时期的幸四郎（左）和铃木三郎（右）

喝茶的女士们

除此之外，于我们女性而言有几家梦幻般独具魅力的店铺。

名叫“维多利亚”和“马尔斯”的茶饮店，一进店门的玻璃橱窗里摆满了各式各样的巧克力。

挑选好后放到一个个精美的小碟子里再交由老板称量好。

当时日本还没有板状巧克力，只有用银纸包着的球形巧克力，这令我很是欣喜。

再往里面走，摆放着茶座可以在此喝茶。若是点了蛋糕，就会端上来摆放着许多蛋糕的大盘子，任君挑选。那蛋糕和巧克力的味道至今仍令我无法忘怀。

此外我还在这里第一次喝到了叫作 ice tea 的冷红茶。在码好的冰块上浇上热红茶，再放入柠檬，茶香四溢，甚是美味。

生孩子之前，我经常只身一人跑去喝茶。

若是吃俄国料理，我会去位于中央大街的兼具剧场和住宿功能的马迭尔宾馆的餐厅。

秋林百货商店的对面坐落着一家名叫“亚细亚”的电影院，此外还有一家名为“卡皮塔尔”的影院。影院实行放映期间禁止入内的换场制，大家都聚集在宽敞的剧场大厅内聊天闲逛，等待进场。

等到了冬日，每周六都会有舞会，我们经常去参加铁道俱乐部的舞会。

大厅里摩肩接踵，挤满了跳舞的男女老少。渐次播放的乐曲均是能激起愉悦依恋之情的旋律。

大厅旁有一间差不多与大厅一般大小的房间，靠墙各处均摆放着椅子，供离开舞池的人们在此悠哉地谈天说地。

前面还设有抽奖角放有抽奖机，摇动手柄就会发出“咯噔咯噔”的响声，随后会有小球滚出来。

天花板上挂着许多赠品，大多是手工制作的墙饰、玩偶或者手工艺品。因为是大家捐赠的东西，所以形态各异，妙趣横生。末位的中奖者可以获得诸如牙粉之类的奖品。一有人转动把手，抽奖机就会发出“咯噔咯噔”的巨大声响，引起大家注意。当小球击中美丽的玩偶，周遭就会响起热烈的起哄掌声，好不热闹。

这里既有学生们叫卖洋酒或饮料，又有大婶贩卖小捧花束。在这盛大氛围下甚至会让人遗忘了时间的流逝。此外，这里在供人娱乐的同时也会做一些募捐活动。

马迭尔宾馆的包厢

音乐常伴

没有什么事情比哈尔滨交响乐团的演出更令我们欢呼雀跃了。

哈尔滨交响乐团是在有识之士和特务机关的通力协作下组建起来的，聘请什瓦伊科夫斯基担任指挥，演出的作品均具有相当高的水准。

我们作为会员从第一场公演开始就兴高采烈地前去观看，会场依然设在铁道俱乐部。

入场券俄语称为“порный билет”，以两张为一组进行派发，跟日本完全不同的习惯令我兴奋惊奇。另外小蛋糕和小点心也都是以二为单位，必定是两个或者四个这样为一组发放。日本对四这个数字有所忌讳，所以这种情况我在日本不曾见过。

我最陶醉的便是柴可夫斯基的《斯拉夫进行曲》和《一八一二年序曲》。行至乐章最后一幕，帷幕由下而上缓缓地映射上红光，在高潮处戛然而止，观众们也随之融入佳境，场面壮观。我不由得

在铁道俱乐部

感叹这还真是非俄国人所不能演绎的。

铁道俱乐部的夏季音乐会多在户外音乐礼堂举行，也是趣味盎然。铁道俱乐部周围的树木长势喜人，枝繁叶茂的绿叶掩映着半月形的白色音乐堂，仅是惊鸿一瞥便足以令我心驰神往。

铁道俱乐部所在的建筑里建有露台，露台正好与音乐礼堂相对，举办音乐会的日子也可在这里喝点酒，享用一些简单的餐点。

我的第一次音乐会之旅始于昭和十年（一九三五年）的冬天，世界知名的歌剧歌唱家夏里亚宾来到哈尔滨举办音乐会。俄国人简直欣喜若狂！一同前往的玛利亚·尼古拉耶夫娜盛装出席，穿着绿色锦缎上镶有金领的长款礼服，披着黑茶色貂皮披肩，雍容多姿。我则身着和服又在外面披了件 шуба（皮大衣）。

能够现场瞻仰只手抚琴朗声高唱的夏里亚宾的凛凛风姿，对于只能通过唱片聆听他歌声的我们来说，真是件莫大的幸事。

伏特加酒的喝法

聊一聊关于酌饮伏特加酒的事情吧。

喝伏特加时，一定先要摆上面包和 закуска（前菜），不能什么都不吃就直接喝酒。

另外干杯之前也须有一番说辞。

全员围到桌旁，在玻璃杯里斟满伏特加酒。宴请主人首先起身致欢迎词领第一杯祝酒。伏特加酒需一饮而尽直达胃肠。饮尽后“哈——”仰面慨叹一声，再配上一口 закуска 或是黄油味儿浓郁的面包。

玻璃杯刚放回桌面，身旁的人必定会再次斟满伏特加，我亦不得不连声说道：“谢谢，谢谢。”然后一饮而尽。有人起身祝酒时，一定要等他说完“干杯”再喝。不然等到发觉之时，早已醉得不省人事起不了身，此点切记！

此外婚礼宴会的气氛行至高涨之时，宾客便会大声起哄道“орько、орько”。这个时候，新婚夫妇就必须要在大家面前接吻。

所谓的“орько”俄语是“苦”的意思，似乎寓意“夫妻共苦后会更甜蜜”。

另外还有“до дна”这样的说法，意为“到底”。如若在众目睽睽之下将玻璃杯中的酒一饮而尽时，大家会有节奏地叫喊着“до дна”拍手起哄。

宴会即将终了，多会有大合唱环节，一人领唱立刻会有人附和唱起来，这般心领神会的默契着实令人艳羡。

俄式茶炊

在俄国文化中，俄式茶炊必是其璀璨的一环。俄式茶炊是指，俄国家家户户在餐厅靠墙的专用桌子上摆放的一种烧水壶，中间有一个烟囱状的管道，周边可以灌入热水。中间放煤，周围添水煮沸。烧水时先在周围加水，在中央的管道里从上填入纸团，接着放入两三根一次性筷子大小的木棍，再放一捧松软的木炭，装上烟囱下面点火。

墙壁上开有专门的孔洞，将烟囱的前端插入洞口就可以把烟气排到外面。从下面点火，发出咯咯的声响，火逐渐烧旺很快就烧到木炭。木炭烧红后，将茶炊与烟囱脱离开来置于旁边的桌子上或餐桌上。

冬夜漫漫，伴随着热水咕噜咕噜地持续沸腾声，畅饮一杯热茶。在饮茶时男人多会用带柄茶杯。

男主人端过镂金银制专用茶托，坐在中间的老绅士端起玻璃杯轻啜一口茶，身姿如画；女士们则各自挑选着心仪的茶杯。

煮果酱时，不可破坏水果本身的形态，取一滴在拇指的指甲盖儿上，如若似宝石般透明圆润，就大功告成了。

将果酱盛放在小碟里品尝或是添加到茶饮中，抑或是细细品味着手做曲奇饼，这一切构成了温暖房间里的幸福时光。

第二章　稠李树荫下

《遥远的祖国》

作词 / 作曲 加藤登纪子

璀璨燃情的街灯下
倾听吉普赛的悠扬歌谣
纷繁错乱的叫卖声中
静观马车在石板路上穿梭

深爱着这座城市的人们啊
随自由的风鼓动起胸膛
这座饱经命运捉弄的城啊
被战争的暴风雨无情地摧残

萨哈罗夫的家

新婚生活所带来的新奇、愉悦，终究会归于平静安稳。昭和十年（一九三五年）的春天，玛利亚·尼古拉耶夫娜的儿子鲍比亚去了美国，于是孤身一人的玛利亚·尼古拉耶夫娜提议：要不要跟我一起搬去萨哈罗夫的家里呀？

我似乎并无什么反对的理由，于是接受玛利亚·尼古拉耶夫娜的提议，一起搬往新家。虽说稍显唐突，但这的确是我们一系列搬家经历的开始。此后我们也搬过几次新家，而能够轻而易举做出搬家决定的原因多是由于大部分新住处都是精装房可拎包即住，比较方便。

萨哈罗夫的家位于吉林街 21 号。沿着大直街出发，在与吉林街交界处拐往花园街的方向上，萨哈罗夫的家就在大致一半路程处的右侧。那是一幢气派的四层小楼，其右侧的一层便是萨哈罗夫的家。小楼前有宽敞的庭院，中央的喷泉此刻虽未喷水却也十分精致。进入家中，靠近门口的房间住着宗先生和他的一对儿女，他们是中国人，姐弟俩似乎在上小学高年级。正对餐厅最宽敞的那间便是我们租住的房间了。

屋子深处还有两间房，住着萨哈罗夫一家老小。走廊对侧的小房间住着玛利亚·尼古拉耶夫娜。小房间前面的那间住着一对母女，而门口左侧则是厨房。在这里代替玛利亚家的奥丽雅女仆工作的是一位二十岁左右的中国人，名叫宝仪。

我们的房间很别致，地板上印有美丽的几何花纹，天花板上挂着枝形吊灯，床置于一隅精巧细致。因是间一居室，我们便决定买来屏风做出隔断。

萨哈罗夫一家四口，分别是他们夫妻和一对高中生年纪的儿女。夫人经常去玛利亚·尼古拉耶夫娜家打麻将，所以我对她也有几分眼熟。萨哈罗夫似乎并没有什么具体工作，却也整日忙忙碌碌。

俄国人的节日

在俄国人的生活中，亲友相聚祈福的仪式活动有很多。除了生日之外，有一个被称为“imeninï(命名日)”的节日。在俄国，孩子一出生就要前往教堂受领赐名并接受洗礼。那时，教堂神甫则会用圣徒的名字为新生儿赐名。

所谓的“imeninï”即是圣徒纪念日，在俄国很受重视。家家户户都会宴请亲朋好友，举行盛大宴会。

这样一来，当同名的人有很多时，各地同名的人家就会在同一日纷纷举行庆祝活动，呈现一派繁荣忙碌的景象。

萨哈罗夫一家也不例外。在儿子的imeninï上，宴请了二十余位客人。席间，我们也享受到了贵宾级的待遇，旁席的绅士十分热诚，为我们分菜，忙前忙后。其中更是不乏暖场高手，气氛空前高涨。宴会尾声响起歌声，即刻有人相和，随后则会演变成动听的大合唱。

除此之外，还有很多节庆。值得一提的是，俄国人并不会特别庆祝新年伊始的一月一日，而选在一月七日庆祝圣诞节。

一月还有一个名为洗礼节的节日。那一日，人们会在冻得硬邦邦的松花江面上立起一座用冰块做成的巨大十字架，众多教会也会插上自己的旗帜。教徒们云集于此，整个江岸人山人海。在众人的注视下，几名信徒陆续跳入江面事先破开的一个泳池似的冰窟窿——这在我看来也着实是场激烈的仪式了。而那天从教会那里领受的圣水，可供在Икона（圣像圣画）前，听说精神不济的时候喝上几口或者受伤时涂到伤口上，大有裨益。

初春之际，还有银柳节。

早春树木刚刚发芽，待街中新绿初现，人们便会兴冲冲地买来银柳，或带去教堂，或供奉在自家Икона前，庆祝春的到来。

进入四月，就到了复活节。复活节的时间每年随俄历改变，大致为春分望月后的第一个星期日。

复活节作为俄国最重要的节庆，其节日氛围就跟我们迎接新年一样盛大。为了迎接这一节日，大家都身着新衣，男人们则会戴着白色头巾。庆典大约持续三天，在此期间，俄国人的餐桌上摆满用来款待客人的饭菜、点心、复活节节庆食品кулич（圆柱面包）和复活节彩蛋等。

初夏有троица（圣三一节），人们会摘取细嫩的осока（苔叶）带回家撒在地板上，在一片怡人香气中欢度节庆。

在俄国人家中，举家欢庆的活动有很多。如此想来，在日本虽有新年、女儿节、端午节、七夕节以及不胜枚举的祭祀活动，却

萨哈罗夫家门前

洗礼节的冰十字架

不像俄国人这般既在教堂集会也在家宴请宾客，载歌载舞，热闹非凡。

在哈尔滨生活的这半载，我深切体会到了越冬的艰辛，更深感对早春的渴望和春天里的无限欢愉。

冬天零下二十几摄氏度自是寻常，暖和的日子里也曾有过零下六度的情况。那种时候反倒觉得闷热难当，穿着皮大衣不等走上几步就会汗流浃背。果然还是寒冷日子里的干爽空气更觉舒适。

哈尔滨每年都会有数场雪降临。下雪的日子，大家会兴奋地拥上街头，在马车下拴上滑雪板样式的爬犁，驾马滑行。

小孩子们会穿上用毛毡做成的 сапоги（长筒靴），戴着厚实的手套（这种手套的内袋是用毛线织成的，外面套有毛皮）和帽子，

复活节的 кулич（圆柱面包）和复活节彩蛋

冰冻的松花江

围巾则会里里外外包上几层，只露出两只眼睛。如此一般全副武装的孩子们在地上欢快地跑来跑去，雪花落到睫毛上眨眼间就凝成了白霜。

进入二月，白天温度回升，冰雪开始融化，而到了夜间融化的雪水又会再次凝结，走起路来很是危险。

辗转到了四月，尘土（黄沙）飞扬，即使不挑开冬天糊上的窗缝，家中也都落得土黄一片。出门更是需要全副“武装”，街头巷尾的残雪变得乌黑肮脏。在春天到来前，这着实是一段不堪忍受的痛苦时期。

学习俄语

搬到萨哈罗夫家后不久，我在附近住家的门前发现了一块白色牌子，上面写着“教您学俄语”。进去后才发现里面住着一对老夫妻和一个年龄不小的女儿，氛围还不错，于是我决定报名上课。

教科书用的是乌索夫编写的，左侧写有问题，右侧写有对应的答案，这些都要全部背诵下来，上课则采用师生一问一答的方式进行。这让我想起了在校时的考前状态，我每日都铆足了劲儿用功学习。因我毕业才几年时间，所以很快就重拾了学生时代的热情。

通过读音可以训练唇舌，这种教学方法很不错。

我用了三个月学完了乌索夫的第二卷，由此学会了名词的六种变化、动词的第一二三人称变化。眼看一鼓作气就快要攻克语法时，丈夫却突然对我说：“我想换掉一直教我的声乐老师。听说有个叫洛特希的人嗓音很好，而这都要归功于其夫人。如果我能跟这位夫人学习声乐，一定能够练就一副好嗓子。况且他们也都表示可以来教我，我就更不能错过机会了。目前的老师每月学费十日元左右，洛特希夫妇一同指导则需二十五日元。”

面对房租涨价和学费增多的压力，我不得不忍痛放弃俄语课。一开始还安慰自己自学也是可以的，但仅看了乌索夫第三卷的第一页，就再也看不下去了。没能坚持学俄语这件事儿足以令我遗憾终生。

钱去好似水推沙，眼看着从日本带来的缝纫机专项资金日渐见少，我这才忙不迭地下决心购置缝纫机。缝纫机到位后，我开始每天往来于家和位于中央大街的胜家缝纫机店铺之间，学习缝纫刺绣课程。这番新鲜体验令我喜出望外，毕竟能够亲手缝制出美丽的蕾丝是一件多么激动人心的事情啊。

萨哈罗夫家的周边地段花园街上多是俄国住家，漫步于这条街道上，风情迷人的建筑应接不暇；窗边低垂的精美窗帘必定有鲜花作陪。此番风情让人不禁想登门一探究竟。

当时，我对俄语已经略通一二，时常通过租房信息联系租户，从而领略一番这些迷人的建筑，对此我完全乐在其中。

租房信息多是在一张明信片大小的白纸上，写上大约四行字，贴在电线杆上略高于眉眼的位置。第一行大都写着“сдаётся комната（房屋出租）”，第二、三行详细介绍房间布局，第四行上写着住址和姓名。

说是挂牌出租，但并不代表房屋已经空置，事实上仍有住户租住。若是租客决定租下，就会即刻腾出空房，寝具等均可原样租借，当然这些都是双方协商的结果。

多数房子都弥漫着俄国风情：灯罩上绷有丝绸，挂着细线穗子。沙发上的刺绣靠垫色彩斑斓，如繁花般美丽怡人。窗台边的赏叶植物与纯白花边的窗帘交相辉映，墙上则密密麻麻地贴满了照片。地板上铺着好几块花纹地毯，壁纸的花样也是层出不穷，看上去赏心悦目。当然，在墙壁上贴满带有美丽花纹的绒毯也并不稀奇，这就是普通俄国人家的室内装饰。

住在哈尔滨的俄国人有很多是流亡贵族，所持财产或脱手卖掉，或将房产租借他人赚取房租过活。这其中又有许多人会将租来的房子中的几间再转租给别人。

花园街

畅游松花江

来到哈尔滨后的第一个夏天，丈夫的昔日同窗鬼春人先生在松花江对岸的太阳岛上租了一栋 дача（俄式郊外别墅）。丈夫便提议前去游玩，还说鬼春人先生很喜欢吃火锅，若是带着火锅材料前往一定会大受欢迎，于是每逢周日我们便带着火锅材料前往 затон（湖岔）。

从中央大街出发来到松花江岸，摆渡太阳岛的船夫和揽客伙计早已等候多时，对岸的太阳岛放眼望去如此渺小，茶色的江水气势恢宏。

刚把我们从石堤接应上船，揽客伙计又忙不迭地回身上岸了。只有两名乘客是发不成船的，需再载上两三位方可撑船出发，船费每人十分钱。

鬼先生有一架莱卡照相机，拍照可是他的拿手好戏。在 дача

松花江的船上

的一间房间的窗边摆有显相、印相用的工具，这似乎也正是他租下 дача 的缘由，足见鬼先生对此十分热衷痴迷。在当时，摄影的人大都是自己对相片进行显相、印相处理。

登上河岸后，从米尼阿久尔餐厅到松花江支流入口的这一带，游泳、划 лодка（皮艇），或是躺在岸边晒日光浴皆是不错的选择。这一带沙滩广阔，水流和缓，对岸是一片草原，在此泅水很是惬意。

从米尼阿久尔餐厅下到水边的地方有撑着洋伞穿着和服的日本妇人在照看行李物品，在这里，这种景象随时可见。我常感不可思议：为什么日本女人不去游泳呢？

夜间的江景亦是美不胜收。远处悠悠传来动人的歌声，近旁是江水激荡船只的声音，除却天空和江水，万物静谧不见踪影。

从中央大街踱步至松花江岸，从这里起始到游艇俱乐部这一

游艇俱乐部

带是一段江滨步道。

游艇俱乐部大厅中央有现场伴奏，在那里可以即兴起舞。四周的露台上摆放着餐桌，人们可在这里边欣赏江景边享用美食。

傍晚时分，江面会驶来豪华的私家游轮。人们在甲板上围桌而坐，享用着身穿白色制服的厨师奉上的精致菜肴，有时还会有乐师现场演奏。能如此享乐的人应该非常富有吧，至于游轮的价钱恐怕更是我想都不敢想的。

此时的哈尔滨，欧洲连锁商店林立，犹太人、德国人、瑞典人等实业家也十分活跃，算是座国际化大都市了。而这些船只和游艇均由游艇俱乐部负责管理。

斯特拉库斯的家

消夏后的某日，我们的房东萨哈罗夫一家决定搬往赤塔。在离别之日，宗先生等一行租客纷纷来到哈尔滨站月台为他们饯行。

接管萨哈罗夫房子的是斯特拉库斯一家。

“他们很德国风啊！”丈夫说道。

根据脸型、相貌和名字即可判断他人身份可是丈夫的拿手戏。斯特拉库斯一家三口，夫妻二人和小学年纪的女儿，夫人身材高挑，很容易让人联想到凯瑟琳·赫本，丈夫略为清瘦戴着眼镜，一派商人作风。

一天新房东在厨房当着我的面叫来宝仪，严肃地吩咐道：

“早上八点要将烧水壶的水烧开，晚上睡觉前将鞋子放到门外，天亮之前擦干净。地板一周一次打蜡磨光。”

原本以为只将原房东萨哈罗夫先生吩咐的事情做好就可四处

溜达的宝仪,也从第二天开始老老实实地工作了。

房东太太会在房东上班后出门采购，每次都提回一大堆东西,然后又马不停蹄地用于烹饪。每天都忙活着烤牛肉和酵母发酵的烤薄饼,这与只在周三和周六准备料理的玛利亚·尼古拉耶夫娜大相径庭。我估摸着这架势也不会帮我们准备餐食或者教我些实用技能,于是只得等傍晚房间收拾停当后去厨房准备饭菜。

某天我受斯特拉库斯夫人之邀去了一趟她女儿就读的学校。学校是再普通不过的楼房,并不像日本那样有着宽阔的操场。但进入其中却发现里面有宽敞的大厅，可以像在教堂里一样做弥撒。学生们并排在前面,父母的席位在后面,于是我们悄悄地入了座。

弥撒结束后不久，我短暂离开后再次进入大厅，却发现此番大厅完全变了个样:桌子围成一圈,孩子们在中央翩翩起舞。虽说音乐和舞蹈是孩子们的校内仪式活动，但这里的孩子们跳的却是大众平常的社交舞。定睛一看,扮相时髦的女孩与男孩搭档,略微朴素的女孩之间相互配对,男孩们也一一配对。我不禁驻足欣赏着孩子们天真烂漫的一面,小小年纪就开始领教男女交往之道,着实令人叹服。我一问才知这所学校的名字叫 YMCA。

斯特拉库斯夫人是个大忙人,缝纫、做饭事无巨细,手头上总有做不完的事儿。即便如此,每到傍晚夫人还是会雷打不动地待丈夫回家后外出散步。从花园街到马家沟附近林木葱葱,漫步其中心旷神怡甚是惬意。若是不去散散步着实辜负了此番大好景致。反观日本人的生活习惯,将如此美妙的时间浪费在做饭料理等琐事上,的确是可惜得很。

留希科夫的人形模特店

夏天过后，适逢我们来哈尔滨一周年之际，打算归国一次将这边的情况向大家说明一下，好让大家安心。特别是祖母经常担忧地问道："俄国人会不会因为日俄战争的恩怨对日本人包藏祸心啊？"此番一定要跟祖母解释一下。

正好那时候，丈夫的朋友泷野先生要回日本娶媳妇。听说新娘是京都人，我看过照片竟发现是小学高我一级的前辈。前辈从小就出类拔萃，经常作为在校生代表发言，所以我对她印象很深。慨叹于这世间不可思议的缘分，我遂决定同泷野先生同行回乡。

定下归国日期后，有一天我散步路过植物园入口左侧的住宅，发现了一张司空见惯的白色租房信息。现在位于吉林街的住宅对我们来说太过豪华，房租也贵，正想着重新搬个地方，于是便请他们带我看了看房子。

在义州街的电车停靠站处有一家富久屋旅馆，在这家旅馆的街角一拐，用不了多久就到了这处房子。电车轨道的对面稍里一点的位置有一家营业多年的日式澡堂，为附近住家提供了很多方便，此外这座公寓与富久屋旅馆的屋后通过内院（中庭）相通，仅着室内便服便可往来。

丈夫说在我回京都期间能在富久屋旅馆的餐厅吃饭，正好能够为他一个人生活提供方便，所以即便房间狭小，我们还是迫不及待地搬家了。

房东留希科夫是铁路夜警，每天早上十点左右才下班，回家之后先是打个盹儿，醒来后就和妻子一起开始了祖传的人形模特制作的营生。在木质铸型上先贴上用水浸湿的报纸，放置一天待其干燥后，再贴上一张报纸，如此贴完数张报纸后再贴上上好的纸张。然后用缝纫机将布料做成模子，两人合力将布料罩在木质铸型上。最后装上金属零件安装到从市面上买来的底座上，就大功告成了。

在罩上布之前还会铺上一层细棉，如此一来看上去就非常不错了。

听说经常定制洋装的人，都会有自己量身定做的人形模特。

“有了人形模特随时随地都能量体裁衣了，您要不要也来一个？”他总是不厌其烦地游说我。

“我从上西式裁缝学校就开始自己做衣服穿了，所以应该用不着。”

听此回答他便又道：“那我就教你们西式剪裁，你可以再找几个日本人一起学。”

这还真是一个吸引人的建议,但那之后不久我便启程去往京都,计划也便无疾而终了。

房东在厨房的天花板下方辟出一层半吊似的夹层空间,将床搁置在那里。我在厨房做饭的时候偶尔会听到打呼噜的声音。

这还真是一对有趣的夫妻。

他们的独子在铁路局上班,似乎颇为春风得意。儿子儿媳每周归家两次与房东夫妇共进晚餐。餐后也会有些扑克之类的娱乐活动,一家人其乐融融。

京都短途旅行归来,留希科夫为我们腾出了另一间视野开阔、景致怡人的新房间。

凭窗而望,可以看到植物园的入口,入口前则是一个宽阔的广场。新房间光照充足,令人神清气爽,窗边景致也深得我心。然而于我们二人而言,美中不足的就是在这里不能随心所欲地烹饪料理,也不能邀上两三老友小聚。

搬往大和公寓

次年的昭和十二年(一九三七年)春,我们开始盘算着换个能正经过日子的新住处，恰巧有人给我们推荐大和公寓，我们便索性搬去了那里。

大和公寓位于城郊,与留希科夫家的方向刚好相反。从铁路局出发，背着中央寺院的方向走上约二十分钟便到了。虽说房东是中国人,但租客却全是日本人。每一户都有两间宽敞的房间,另外还有厨房和卫生间。浴室是公共的,分为男浴室和女浴室,女浴室下午两点开始供应热水，男浴室则是五点。丈夫也可以步行上班，生活没有什么拘束不便。附近的店每天早上都会派一位中国伙计上门推销。一楼的角落里有一家中国人开的小店，可以帮忙转接电话。这里的一切都跟俄国人的生活圈大不相同。

一楼二楼住着二十几户人家,地下室也住着二十几户,共用

干雄出生

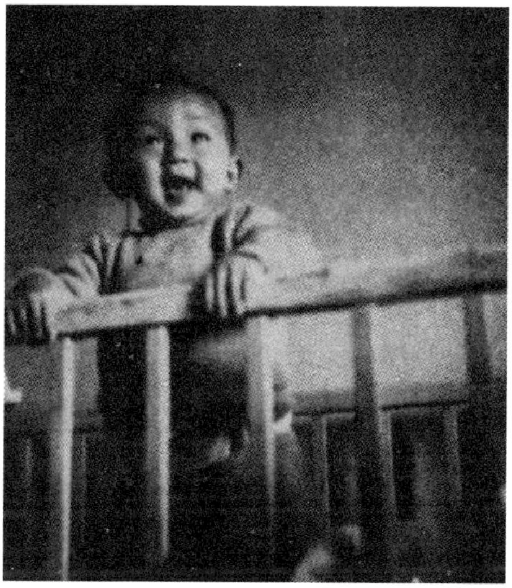

大和公寓

盥洗池和卫生间。他们中有不少满铁职员，亦有很多从南满迁来的老年人。

新家有了富余空间，我们就把购买钢琴提上了日程。话虽如此，但我们并未直接前往琴行购买新琴，而是全权交由钢琴店操办。钢琴店会详细询问买卖双方的条件，再带着买主前往想要卖琴的人家去看琴。在打听了买主预算后，钢琴店会筛选出合适价位的钢琴卖家，随后带买主前去商谈。

待到丈夫下班，我们一起走访了许多家打算出手钢琴的俄国住家。每一户俄国人家的家具都很华丽，内饰格调高雅。就连钢琴上的装饰也别具一格，有的罩着美丽的蕾丝，有的摆着玩偶，令人心生喜爱。每一架钢琴我都爱不释手，但也总是憧憬期待着下一家的钢琴。

在此事上保罗基奇先生帮衬了我们很多，还为我们介绍了钢琴店。保罗基奇先生原本是中东铁路的职员，而丈夫则在满铁人事科负责俄国人方面的工作，两人不但是工作伙伴，私交也很好。

保罗基奇先生有很多旧友是音乐相关的从业者和艺术家，因此在他和丈夫的牵头下成立了“俄国艺术研究会”。这次他又为我们引荐了男中音歌手萨德科夫先生担任丈夫的声乐家教，每周大约会来我家两次。

丈夫自从听了那年《每日新闻》歌唱大赛的主题曲——意大利歌曲《Caro mio ben》（我亲爱的）后，就开始认真学习《Caro mio ben》(我亲爱的)这首曲子了。

我们房间下面刚好是保安室，那里挤满了一大群中国小孩，他们也都兴趣盎然地跟着哼唱起《Caro mio ben》（我亲爱的）这首歌。

萨德科夫先生一来我们家，后面就会簇拥着一大群孩子，嘴里叫喊着“老毛子！老毛子！”我们的生活向来与俄国人结缘很深，因此这在我们看来实在有些过分。

即便如此，在这里的生活依然充满着独特的情趣。对门时常会在上班前大声唱着东海林太郎的歌，楼下则偏爱一到晚上就用吉他弹奏《禁忌的游戏》的主题曲。

炎夏之时，身子突感有些不爽利，于是请来成田先生问诊。

“恭喜您怀孕啦！”成田先生道喜道。

成田先生给我介绍了自家亲戚，大阪出身的哈尔滨市立医院理事长大谷先生，于是我们接洽上了大谷先生，前去细细询问孕情。

怀孕以来，我每天都身体不适，胃口也不佳，体重更是由 45 公斤一度降到 41 公斤，然而因为我姊妹众多，照顾婴孩早就得心应手，所以我满心欢喜地期待着新生命的降临。

大和公寓跟满铁员工宿舍一样，有我们的许多熟识。在这里与在日本生活无异，孕吐的时候能够吃到日本食物，也真是谢天谢地。

我终于做好了越冬的准备，新年后的昭和十三年（一九三八年）二月五日，我产下了一名男孩。男孩取名干雄，寓意他能够在这片大陆的土地上坚实地扎根、成长。

住院期间，我每天都要等市立医院的大谷先生查房后才能心安。

出院后我们请了一位俄国女人帮忙照料家务，这便开始了第一次育儿经历。

太阳岛避暑

大和公寓的生活越渐平淡，鲜有欢欣愉悦之事，我们便琢磨着去松花江的太阳岛上避暑。可因决定下得有点迟，大部分 дача（俄式郊外别墅）已经租出去了。

失望之余我们打听到有栋三层小楼对外出租几间做宾馆，其中三楼的一间有空闲，遂决定租下那里。那是一个空间狭小的单间，一张床几乎就占据了整个屋子。好在有个宽敞的阳台，我们可以在阳台上做饭和用餐。

隔壁房间里住着房东儿子一家。有个与干雄差不多年纪的男孩，正好我也可以学习一下俄国人的育儿之道。男主人是铁路职员，每天三班倒，听说工资六十日元左右。女主人偏爱比基尼风格，常穿着红色印尼花布材质的胸衣和底裤，孩子则光着身子。

赶上每三天一次的休息日，男主人便会早起去松花江钓鱼，

在松花江的太阳岛上

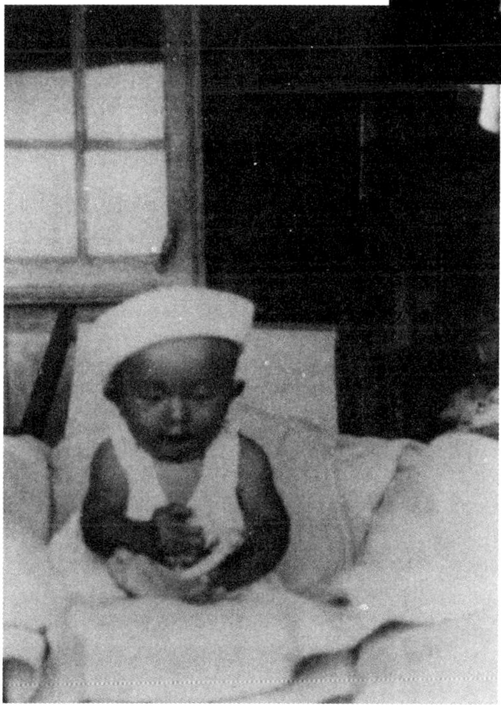

天黑后会带回满满一大桶的鱼(主要是鲫鱼)并即刻入菜,即便夜深仍听得到炸鱼的声音。他们的房间除了床之外还有一个大藤条箱,上面罩着美丽的布。藤条箱上放着蕾丝镶边的摇篮,摇篮里安详地睡着光溜溜白胖胖的婴孩。小抽屉上也饰有蕾丝,上面立着镜子,镜子前摆放着香水瓶和化妆品。墙壁上装饰着精美的艺术画和相片。虽然他们房间与我们一般大小,但那里面却处处充盈着令我们望尘莫及的富足光景。

宾馆的院子里挤满了中年妇女,桌子上摆满了各种餐食,她们畅饮啤酒红酒,尽情喧闹。自家宝宝则躺在装饰精美的婴儿车里,在附近的树荫下酣睡。

三楼旁边那间宽敞的房间里住着“亚细亚”电影院的老板,应该是个欧洲人,具体是哪国就不清楚了。他有个三岁左右的女儿,小姑娘面容可爱,像个洋娃娃似的,曾到我们的房间玩耍过。夫人的个子很高,她竟把黑色绉纱的和服当作室内便服穿,并未像普通日本女人那样将和服在腰间打褶系起。这般穿法如同穿着一件优雅的连衣裙,长度刚好垂地。我不禁慨叹于这位美丽佳人竟能将和服穿得如此优雅迷人。

待干雄睡着后,我和幸四郎便会在旅馆外围来回散步,不知道孩子何时会醒来哭闹,也就不敢走得太远,但是这般凉风习习的惬意夜晚,着实能让人忘却白天的烦热。

生产后的第一个夏天就这么悄然过去了。辗转到了八月,松花江的水量增多,河滩面积也所剩无几,天气变凉后也就失去了在江里游泳的兴致。

父亲到访哈尔滨

我们从太阳岛的宾馆再次搬回大和公寓后，因跟周遭人渐渐熟稔，生活也逐渐步入了正轨。

干雄生辰一过，春天也终于来了。父亲与旧友同行三人从京都出发来哈尔滨旅行，我便前往他们下榻的新哈尔滨宾馆迎接，并一同在“伊比利亚”餐厅吃了便饭。

一进餐厅干雄就被一个类似于俄国将军模样的人抱到不知哪里去了。干雄不害怕不哭闹的情态着实让父亲大吃一惊。那时候的干雄格外不怕生，怕是因为周遭的俄国人对他都疼爱有加，让小小的干雄早就习惯了那种场面了吧。

父亲从日本给干雄带来了五月人偶的礼物，这让身旁的俄国人感到十分稀奇。

“伊比利亚”是一家设有很多雅座的 Шашлык（肉串）专营店。

服务生会把羊肉串放在炙热的铁板上端上来，店内主打颇具野性的高加索料理。

晚餐后，丈夫本想再带父亲去“幻想曲”和其他酒馆逛逛，父亲推辞说不去了，丈夫只得悻悻地和另外两人一起去了。而我则带着孩子和父亲一同回到了宾馆。

第二天，父亲顺便去了位于买卖街上经营布匹的老主顾那里一趟。父亲仅在哈尔滨留宿一夜就匆匆回国了。

干雄学会走路后，就顽皮地一刻不得消停。无论去什么地方都得带他一起去，但绝不能让他脱离自己的视线。而俄国人随时随地都乐意陪伴干雄玩耍的爽快性子也让我由衷开心。

干雄刚满一岁半的时候，我曾拜访过家住马家沟的俄国旧识。从义州街拐至教堂街，穿过左手边树木繁茂的小树林，来到了一片并排有几家屋舍的地方。屋舍均是宽敞的平房，带着很大的庭院。

喝完茶后，干雄说“想尿尿”，我想着干雄还是个孩子就带他到院子里解决，夫人却随即说道：“男孩子呀，那就拜托爷爷了。”

爷爷带着干雄穿过走廊，进到了自己的房间，从床下取出了горшок（便壶）递过来：

“嗨，小子，尿这里吧。”

像这种没有室内卫生间的家庭通常会在自己的床下放上горшок，那时候的我还是第一次耳闻。如此一来，即便是在冬天异常寒冷的哈尔滨，卫生间设在室外也不需要担心如厕问题了，果然一方水土有一方水土的生活习惯。

和到访哈尔滨的父亲 田中源太郎

干雄的一岁生日宴会
（前排从左至右，留西科夫的儿子、山内千代、淑子、干雄、山内久代，
后排为临时保姆修拉、姐川）

松花江上的дача(俄式郊外别墅)

两岁的干雄好动敏捷,放手便会到处乱跑,追都追不上,玩起来的调皮劲儿让人伤透了脑筋。来哈尔滨的第二个夏天,我们也计划在松花江上的太阳岛上度过。此番我们及早便动身去湖岔看房,朋友鬼先生也住在这里。这一次,我们幸运地在一户俄国住家中租到了一间房子,开始了鸡犬相闻的田园生活。

每日清晨会有用扁担挑着平口桶来卖鱼的人,这也是我平生第一次见到鲇鱼、鲤鱼。照烧鲇鱼和鲤鱼生鱼片都十分美味。在屋外点上炭炉烤鱼则是最有趣的烹饪方法。

水是托人用一斗量的石油桶运来的,一桶十分钱。

开水房随处可见,热水烧开了会响起汽笛般的声音,我常常前去打热水,一壶十分钱。

蔬菜也是由小贩用扁担挑来贩卖的,鸡照例是要买活的。

“头天喂上一把玉米粒,第二天就能下蛋了,听我的准没错。”

虽然有大婶这样传授过我，但我却总归没有买活鸡的勇气，每次都是请卖鸡的人替我宰杀掉,因此也就无法验证这经验的真伪了。

松花江的沙洲上有块用木板围起来的地方,俄国大婶曾邀请我一同前往。那里有许多木质躺椅，可以随意搬挪躺在上面晒日光浴。因为入口的大门上着锁，所以在这里可以放心地从胸部晒到肚脐。我也经不住旁人劝说尝试了一番，阳光晒到肚脐的感觉真是舒服极了。

沙滩上架着排球拦网,即使凑不齐人数也能在这里玩球。

这周边绿意盎然,我们晚上在这户外野餐再好不过。所以我们干脆把餐桌搬到了外面,做饭也在户外,每天都是如此。

若有朋友前来，我们就会沿河边一直散步到米尼阿久尔餐厅。树荫间时常会传来阵阵吉他或口琴的乐声。

每到周日,整日裸身的孩子们也会一本正经地穿上带饰边的连衣裙前往教堂。

这使我深切地感受到俄国人的生活方式在骨子里与俄国东正教的渊源之深。

在太阳岛上又增添了许许多多关乎俄国人生活的新鲜见闻。

庭院一角有一小屋,小屋中掘出一个深井似的洞,洞底放有冰,冰上面铺上稻草,就变成了一个简易冰箱。在哈尔滨,家家户户都会在松花江的冰开始融化时，用运货马车拉上几车冰块回家。

不只是洗衣服,就连餐具锅碗他们都会拿来江边,用沙子细

和干雄在松花江玩水

细打磨冲洗干净。

如此这般，一切琐碎的家务皆在陪伴孩子的日日玩乐中悄然度过。

进入八月，凉爽的日子日渐增多，松花江汛期临近，已不再适宜游泳洗澡，也差不多该离开太阳岛上岸去了。

这一年的汛期比往年都要来得早一些。

有一天，我一觉醒来发现水已经漫到了马路上，一开始心里估摸着庭院和院房比路面高，应该问题不大，不承想水早已在院子各处漫延开来，迟早有水淹的危险。于是我慌忙叫了一只小船载上一切家居什物撤离松花江。

我们大费周章才租成的为期三个月的房子也只能作罢，心里不无遗憾。

松花江的夏天如白驹过隙般转瞬即逝。

米尼阿久尔餐厅

托赫洛家的动物们

我们手忙脚乱地搬回大和公寓，家中光景却令我大吃一惊。

去太阳岛前我们曾跟对门的女儿说过可以在我们出门期间使用我们的房间，但却万没有想到家里已经面目全非。或许是因为我们归期提前没来得及收拾吧。

虽说对方忙不迭地说："我们会马上为您空出房间的。"但我们依然坦率地决定去寻找其他住处。

从 дача（俄式郊外别墅）带回的一切家具什物就那样原封不动地放在一旁，我跟干雄则静静等候着丈夫寻房的消息。丈夫兴冲冲地回来接我们，说是在马家沟寻得了一处好房子。

房子在保罗基奇先生家附近，外院繁花盛开。我以前经常路过这栋房子，总会忍不住赞叹一句真是座不错的家院。听说目前这座房子有意向对外出租。

然而快要走到房前时，丈夫突然说："我之前没说我们还带了个孩子。姑且先把行李搬过去吧。”

丈夫带着行李走了，留我和干雄在路边等待，然而等了许久却不见丈夫回来，担心之下我便探身向那处望了望。只见丈夫正在向我招手道：“人家听说还带着个孩子说有些谈不拢了，你快来求求情吧。”

无奈之下我只好抱着孩子登门拜访。那位牢骚满腹的夫人揽着我的肩，一把抱过干雄说道：“наш、наш（我们的小乖乖哟）。”随后就拉着我的手引我进了家门，说要租给我们一进门左手边的房间。

“加藤君真是个讨厌鬼，竟然说谎，我可是热烈欢迎你和孩子的。”夫人恶作剧似的说笑道。

第二天开始，一到午饭时间夫人就会来催促：“喂喂孩子吧！”说着还给我用汤盘盛了汤来。汤的分量很足也很美味，通常喂完孩子剩下的也足够我喝饱。

男主人托赫洛先生在火车上烧了十五年的锅炉，他不无骄傲地说道：“说起烧锅炉，没人是我的对手，只用一张明信片引火我就能点着。所以烧火做饭的时候一定知会我一声哈。”果不其然傍晚时分，我正要生火做饭，托赫洛先生就兴冲冲地过来为我点火。

还没到早饭的钟点，夫人就会喊着“小家伙，小家伙”将干雄抱上膝头兴冲冲地喂他吃饭。干雄这孩子天生不爱吃饭，能喂他吃上几口饭着实需要花费些力气，这样一来还真是帮了我大忙。

托赫洛先生家的早餐通常会有水煮蛋、土豆、俄式泡菜等，这跟我之前接触的俄国人家略有不同。

丈夫再一次大显身手，推测托赫洛先生可能是乌克兰人。

房子的前院有个网球场大小的大花坛，由夫人负责打理，后面的庭院则由托赫洛先生负责。花坛周围种着杏树、毛樱桃树、苹果树、紫丁香花等等。

庭院的角落里有一座砖瓦小屋，夏天用作厨房，冬天则一半用作鸡舍。

刚开春，小鸡就开始撒欢乱跑了，加之火鸡和生猪，院子里好一派热闹的景象。鸡蛋每天孵化成小鸡，一直增加到几百只的规模，小鸡则又会不知不觉间长大。到了冬天，就会留下二十多只赶进越冬的鸡舍，其余全都宰掉。他们将处理好的鸡肚子里填满雪，装进大箱子里放置在室外。

主人的父亲庆生需要吃上几只，何年何月又需要几只，如此这般，准备这么多只也是必须的了。

猪舍地面打扫得光溜溜的，圈养着干净光亮的小猪崽。粉红色的猪崽自由撒欢儿的模样真是可爱极了。

有天，房东两口子好像在猪舍前谈论着什么。仔细一听，才知他们在谈论为什么自家的猪不长膘，那认真的样子还真是引人发笑。我暗暗想道，难道不是因为打扫得太干净所以才不长膘的吗？

他们将猪宰掉后，会将两个石油桶叠起来，里面填入木屑，将猪肉熏制成火腿。

鸡蛋孵化时，要从外面戳破鸡蛋，否则小鸡很难破壳而出。此外，好不容易破壳而出的小鸡屁股上会沾着些蛋壳似的东西。于是每天都会听到夫妻二人诸如此类的对话：取下来好呢还是让它粘在上面好呢，这里太冷了再把它们往那儿挪挪。

孵化火鸡雏时，会给那五只长腿火鸡投喂青葱碎。至于鸡的话，就将水煮蛋的蛋黄筛细喂给它们。我每天都能见到房东两口子在厨房桌子上完成这项烦琐的工作。

在连接前后院的房子旁种着一棵巨大的稠李树(樱花树的一种)，枝繁叶茂足以遮荫纳凉。夏天的时候我们将饭桌搬到树荫下在这里用餐。

托赫洛一家的生活完全自给自足，我们承蒙于此也过上了四季斑斓、丰富多姿的生活。

俄式壁炉

俄式壁炉与普通的暖炉不同。

为了安然度过零下二十多摄氏度的寒冬，这里的人们会严严实实地给窗户糊上两层，门扇上也会糊个两层甚至是三层。如此一来，室内就无法烧柴烧炭取暖了。

俄式壁炉就是将墙壁变为暖炉。点火口位于房间角落或是走廊上，从点火口填入柴火放上煤炭，点着纸从下面引火，待火苗烧至煤炭时再倒入一大桶煤炭，然后静静地等待煤炭烧红。煤炭烧红后，封上上部的堵板，外流的空气受到阻断就会使墙壁逐渐升温，此时点火口的下端开口也需一并封上。

需要注意的是，若过早封上堵板会导致一氧化碳中毒。

只需傍晚点火烧上壁炉便能满足一天的供暖需求，此外，厨房的炉灶也能加热墙壁，这样一来房间就能温暖如春了。若碰上极寒天气,有时候也需要大清早就烧上壁炉。

伊万诺夫先生的家,一个冬天供暖需要消耗两吨煤,在奉天的员工宿舍从早到晚不间断地烧煤供暖则需耗费五吨煤。不仅是费用低而且也不费什么劲儿,因此这么大的耗费量也就不成问题了。

俄式壁炉真是一项堪称完美的取暖设备。

听知识渊博的铃木三郎先生说,俄国人的俄式壁炉砖制构造无人企及。

第三章　战火渐燃的城市

《遥远的祖国》

作词 / 作曲 加藤登纪子

告别这座城的日子
是流火的夏末
货运列车旅终之时
终点城已入秋

栖身于公园一隅
枕席而眠的那个夜晚
灰暗的夜空中
飘来了细细白雪

重返京都

秋天来了,第二个孩子的产期也日渐临近。

现在只有一个孩子,回到京都,祖母也能帮忙照看干雄,我思前想后还是觉得在京都生产会比较好。与医生商谈一番说是预产期在一月,所以十月满满当当的旅行并无大碍。

那期间,幸四郎密友铃木三郎的朋友之女因工作原因前来哈尔滨,彼此顺路的我们决意结伴回国。

当时干雄尚小,非常淘气,而且停留京都的时间比较长,所以丈夫把我们送到了大连码头。

到神户港乘船需三天时间。因为我晕船,乘船期间都是那位小姐替我照看干雄,着实帮了我大忙。

到达京都后, 发现祖母花子寄住的今道一家已经搬到了岚山。今道家的三个女儿也分别到了两岁、三岁和五岁,正值贪玩年纪的女孩子闹腾得整个院子都熙熙攘攘的。

停留京都期间，我就在岚山的今道家、我的娘家田中家和位于上贺茂的丈夫老家津田家之间来回串门，消磨着时光。

祖母虽说每天都满心期待着去吃谁家的美食，但却因胃口不佳而略感遗憾。

我决定在通过熟人介绍的京都大学附属医院分娩。明明是《纪元二千六百年》越唱越昂扬的时代，物资却十分匮乏，听说去医院必须自带漂白棉、纱布和脱脂棉。庆幸的是我在京都熟人很多，大家伸出援手很快就将分娩物资悉数备齐。

昭和十五年（一九四〇年）一月四日，津田家在圆山的“芋坊”举办新年宴会，丈夫的兄弟、侄子和侄女全家共40余人到场。

“这几天就快生了吧？”人声鼎沸间大家跟我如是说。

如众人所料，午夜时分我便住进医院，黎明时分就生产了。

说起这事儿还有个小插曲。那天元旦假期来京都陪产的丈夫和我在新年宴会后乘坐出租车回家，不想车子左摇右晃得厉害，丈夫愠怒道：

“车上有孕妇，能开稳点吗？！”

甚至还因此跟司机大吵一架，周围聚集了很多围观的人，令我尴尬得恨不得找个地缝钻进去。

我牵着干雄的手捂着大肚子，一个人走回了位于新町的田中家。

果不其然我在半夜开始阵痛，在田中母亲的陪同下去了医院，黎明时分顺利产下小宝宝。

丈夫整日干劲十足地忙前忙后，白天领着干雄四处转悠，但是一到夜里干雄却不知为何哭闹不停，一直不肯睡觉，丈夫叫苦不迭地抱怨道:“我真是哄不住了。”

最后只得将干雄抱到医院,由我在病床上哄他入睡。

第五天我便出院了,住进了田中家附近的出租屋里。

很快祖母借调了今道家的一个女佣并搬来与我同住。

至于第二个孩子的名字，幸四郎说让宝宝带上父亲的名字，于是给宝宝取名“幸子”。

与祖母花子生活的日子

祖母整日忙活着给宝宝洗澡做饭，以致总感身子不适。适逢机会，便让祖母去平谷主治医生那里检查一下。

诊断结果是胃里长了肿瘤，医生说肿瘤是良性的，不必担心。

“你还是去京都大学附属医院看看吧，那里的医生是我的熟识。”祖母的朋友杉本奶奶提议道。

于是祖母于一月二十四日去了京都大学附属医院做了X射线检查。

不料那天之后祖母恶心加重，卧床不起。大家都多少有些后悔让祖母去医院。

祖母自语道：

“这癌症可能也就两个月左右的活头了。”

“从平谷先医生那里回来后我去找过房子，告诉房东我决定租下那里了。”

“在这里办葬礼不好，还是搬到那家去吧。”

如此种种。

事出突然着实令我惊慌失措。但还是决定遵照祖母的意思，请来那些帮得上忙的人，并喊来表妹今道芳江一起仓促准备。

新家就位于从新町路附近，是一座有着普通格子前脸和木栅栏的房子。乍看上去外观很素朴，但内饰却着实气派。有着宽敞的客厅，宽敞的院子里坐落着一座假山，挺拔的松树别具风韵。

房子虽好，但听说曾是阿拉伯胶工厂的厂房，屋里脏乱，打扫起来真是无处着手。柱子上随处可见被粘了胶的手触摸过的痕迹。我们用洗涤剂和海绵擦拭污垢后终于可以住人了。

祖母的哥哥福井繁太郎舅公也立刻赶了过来，带来了毛毯、两大块贴金屏风、大火盆、餐具、坐垫以及可用作餐桌的大茶几，转眼间就置办好了一切。福井舅公在当地颇具声望，可谓一呼百应。

祖母曾经热心肠地帮助过很多人，所以现在拜访她的客人也很多。

舅公繁太郎一早就坐在床头温声细语地同祖母说着话。兄弟姐妹四人中长兄和弟弟都已去世，如今只剩下兄妹二人。

长兄松冈芳太郎舅公去世时我还没上小学，那时我寄住在松岗家的祖母花子那里。记得那天我正在外边玩耍，一个像是官人乘坐的轿子停在了家门前。

我便好奇地告诉了祖母，祖母应声喊道：“小孩子不要过去！”像是发生了什么大事儿。

当时我尚年幼,并不知道发生了什么,后来才知晓是芳太郎舅公在外脑中风晕倒后去世了,用轿子运回了老家。

祖母的弟弟健太郎舅公因胃癌于第二次住院时,在府立医院去世。舅公住院期间,祖母几乎每天都去医院探病,因此对胃癌的情况非常了解。

也正因为如此,祖母肯定比谁都了解自己的身体。然而我们对此闭口不谈,只是默默照看着。

祖母花子去世

平谷医生每天都来给祖母检查,但持续的恶心症状令祖母苦不堪言。

癌症渐渐进入晚期,剧烈的疼痛侵袭折磨着祖母。

平谷医生来的时候,祖母曾多次伸出胳膊拜托道:“来针吗啡吧。”

搀扶祖母上厕所时,祖母会突然瘫软下来,我手忙脚乱地去喊医生。医生赶来后,祖母意识还很清醒。

“晕倒了可能是因为吗啡量少了吧。”医生说道。

随后祖母再次伸出胳膊拜托道:“再打一针吧。”

“再一针就不行了!”平谷医生这般说道,我和芳江下意识地双手紧握。

“大家都回吧,我想睡觉。”祖母这般说着,我们也就回去了,当时正值黄昏。

入夜后祖母仍在睡着。我目不转睛地盯着祖母的面庞，似乎并没有什么异样。此时的大家也都一动不动地围在褥铺前，生怕目光移开后，祖母就会停止呼吸。

二月二十三日黎明时分，祖母临终吸了一大口气，随后长眠于世，享年七十二岁。

虽早就明了生死天定，但仍遗憾于祖母去了别的世界。我曾向神佛祈求奇迹，可祈愿终无应验。

葬礼由福井繁太郎舅公全程操办。在开始守夜早晚诵经时，丈夫从满洲赶了回来，葬礼后，我们把祖母送到了火葬场。

当火化炉的门“啪”的一声关上的瞬间，纵有万千情绪亦无语凝噎，这一别即是永别了。

关门的同时僧人开始诵经。诵经声回响着：去往恒久的世界，那便是最好的救赎。

在骨灰送出来之前我们就回去了，只留下了几个男人善后。

丈夫因为工作无法长时间休假，所以把后事都托付给了别人，我们准备启程回满洲。

我们先是去了祖母花子生前久居的位于岚山的今道家，与大家道别。之后我们坐上神户到大阪的商船，踏上了回哈尔滨的旅途。

从一月五日幸子出生到现在尚不足两个月，本想着停留京都能在祖母身边慢慢处理生产的事情，不曾想却成为了送别花子最后一程的旅程。

我们在外地时祖母尚在，以这样的方式让我们送她最后一程也算是命运的安排吧。虽然胸中悲痛万分，但却感激着老天的良苦用心。

祖母花子

祖母花子的葬礼上（中为繁太郎、左为幸四郎）

托赫洛家的婚宴

二月初的哈尔滨，雪有些污浊，到处都是融雪形成的小水洼，带着孩子走路很不方便，况且现在是两个孩子。

我不得不让刚满两岁的干雄自己走路，在幸子睡着的时候去买东西。

想到幸子随时都可能醒来，我就急急忙忙地赶回来，发现托赫洛先生的阿姨正一脸宠溺地抱着幸子，这可真是帮了我大忙。可我总觉得她像是想抱抱幸子，特地等着我外出似的。

托赫洛先生家的小女儿已经开始做结婚准备了。我对他们的婚前准备颇有兴趣，凑过去看了一下发现与玛利亚·尼古拉耶夫娜的儿子鲍比亚去美国置办的行头差不多——买了很多床单、枕套、桌布，全部洗干净并绣上名字的大写首字母，风风火火地忙活了好一阵子。此外还买来了成套的西餐餐具，放在手提袋里以防打碎，忙活得不亦乐乎。

摄于祖母花子的葬礼后从神户港上船

婚宴上来了很多客人，平时不怎么用的大号桌子也派上了用场。婚宴后的舞会上，干雄喊着“姐姐、姐姐”，拽着新娘的裙边跟在后面跑，童真可爱逗得大家哈哈大笑。

转眼间入夏了，我们在托赫洛家绿意盎然的院子里享受着傍晚的清凉，尾中毫无征兆地登门了。

“尾中最近去哪儿了啊？”我问道，之前明明天天碰面，可最近却不知所终了。

“去诺门坎了。”他回答道。

昭和十四年（一九三九年）五月，关东军和苏联军在满蒙边境发生冲突，日军兵败如山倒。他像言及他人故事一般跟我们谈论着诺门坎之战是多么惨烈。

尾中可谓九死一生，活下来真乃大幸。

初秋时节，托赫洛家开始忙碌秋天的生计了：制作山樱桃、杏、苹果的果酱……

那时，夏天为我们提供阴凉的稠李结出了胡椒粒似的果实，散发着类似香草的气息，虽不可用来制作果酱，但是放入伏特加酒里仍能享受到它的美味。

托赫洛先生家的大女儿再婚了，新夫婿是松花江上的船长，有个已结婚生子的女儿和十五岁的儿子。

“终于等到你，这下不仅有了丈夫，老天还恩赐了我女儿、儿子和外孙。”她一脸幸福地说道。

“钱倒是有，但时间不多了。”他回应道，笑得很开怀。

曾经我说：“有时间的时候没钱，有钱的时候没时间。”

她就心领神会地握着我的手说道：“все（是这样的）。”

我心想，她的船长夫婿也是上了年纪才成了金主的吧。

去往伊万诺夫的家

时值秋末，保罗基奇先生跟我说：“我们决定搬新家了，要不要搬到我们现在的房子里来？”

托赫洛先生的家，虽说夏日景致极佳，但始终有种寄人篱下的感觉。所以适逢机会，我们就决定搬去保罗基奇先生的家了。

这次的房东是一位留着胡子的帅气绅士，名叫伊万诺夫。

顺着教堂街电车终点处的电车轨道一眼望得见一层，下了小坡转到后面便是二层了，房子前面有个非常宽敞的庭院。

庭院里单是苹果树就足有十三棵，其他树也有很多。苹果林间有两条步道，布置了很多椅子，是一座绝佳的院子。

屋子里有两间大屋，另外一间小屋里还有一间小房，厨房也在那里，墙外还设有夏用露台。

寄存于别处的家具和钢琴也很快运到了，在我们一番布置下终于有了家的模样。

这时丈夫原先的声乐家教萨德科夫先生却突然造访了。

“冬天渡不了松花江,回不去太阳岛的家了。”他跟我们诉说着自己的烦心事,我们只得让他寄住在我家的小房子里,算是食客。

他的帮佣里来了一位名叫弗洛莎的俄国女人,我们都“婶婶、婶婶”地唤她来帮忙。

进入十月后,我们先是进行了大扫除,随后擦玻璃、贴密封胶条,好一番忙活。

入冬前必须购置大量的煤炭为过冬做准备。在土豆的收获期,路边待售的土豆堆积如山,我们买入这些土豆装满厨房地板下面的仓库。碰上有卖野葡萄的,就买来酿造葡萄酒……

弗洛莎教给了我很多东西,使我完整地掌握了俄式馅饼、пельмени(西伯利亚式水饺)和面包的做法。

打开房门,连为一体的院子和房间给人一种通透的开放感。

吃过早饭后,伊万诺夫从外面的楼梯上牵来了斯皮茨狗和小哈巴狗。

“Пойдем(走吧)MIKI!”

话音刚落,干雄就从屋里飞奔而出。早晨散步时他就蹬着三轮车同行,散步回来后经常不回家而是跟着伊万诺夫先生一起出去玩,有时甚至会跟去伊万诺夫家。

一日,我去伊万诺夫家拜访,竟然看到干雄画的画被贴在漂亮的家具上,着实令我大吃一惊。

伊万诺夫先生的夫人本有望成为歌手的,但却因体弱未能如愿。她经常站在楼梯的平台上面向院子唱着歌剧的独唱片段。

左侧为保罗基奇先生

干雄

幸子

午餐是跟萨德科夫先生一起吃的，我曾见过他用满满一大盆的土豆做浓汤。这下我终于清楚了买那么多土豆的缘由了。

他十分偏好把米饭倒进汤碗里洒上酱油，然后大快朵颐。

“这可是意大利皇帝的钟爱之物哦。”他这么说道。我跟他说这在日本可是最寒酸的食物，可他却完全当成了耳旁风。

总而言之，他生活中所有的东西都是宫廷规格。

晚餐一般会招呼客人一起聚餐。萨德科夫先生席间很是活跃，大家也借此度过了一段非常愉快的时光，丈夫也因无须过于费神客人而开心自在。

听说萨德科夫曾在意大利宫廷生活过，与国王比试过狩猎，参加过宴请派对，他时刻都是聚会的焦点。

“真受不了他明明白吃白喝还在餐桌上摆出一副主宾的样子。”弗洛莎总是这样抱怨道。

弗洛莎做过地主家的用人，她回忆往事般地跟我絮絮叨叨：某某家某天的菜单是这样的，某天又做了怎样的美食等等。她听说可以吃到白色面包，于是就和丈夫、儿子越过苏联边境。在边境深山里，用千辛万苦带来的刺绣白布换来的却是中国人的馒头，真的是后悔极了。

有一次她请我去她家做客。

在萨默顿的乡下，酒过三巡后，她的丈夫霍得罗夫即兴跳起了哥萨克舞，大家则清唱为其伴奏。

橱柜里的餐具叮当作响，有人边跳边喊“别把餐具震下来哦”。

那是一段多么快乐的美妙时光。

我还清晰记得她的房子整洁干净，窗户上挂着白色蕾丝。

钢琴课

有人从意大利给萨德科夫先生寄来了圣诞礼物,是一件非常华丽的女士皮衣和一只怀表。萨德科夫把礼物摊在桌子上盯着看，还拿着皮衣让我试穿了一番，不过最终还是把这些礼物送去了当铺。

不久之后,萨德科夫在太阳岛的家的仆人突然登门了,那个男人留着像画中人一般的胡子。他在萨德科夫家帮忙照顾猎犬,此行是来要狗粮费的，周身都流露出一种日本人无法感同身受的“金钱主义”。

过了年,幸子一岁了,我的生活也总算轻松了些。

我坐在大屋子里的钢琴前,回忆着曾经弹奏的曲目,试着弹奏《拜耳》这首曲子。先前我只在女校略学一二,而后都是自学,所以手生了不少,甚是焦躁。

“要是能上钢琴课就好了，只是现在还得照顾孩子。”我跟伊万诺夫夫人说道。

“古人云：‘从你想学的那天就开始学，那些想着明天开始的人一生也抓不住机会。’所以就从今天开始吧，我找老师教你。”

伊万诺夫夫人跟我如是说，第二天就带来了一位中年妇女，是一张常在伊万诺夫家露脸的熟悉面孔。

很快我们就从琵琶音的指法练习逐渐过渡到《少女的祈祷》《奏鸣曲专辑》。

因为我抽不出太多上课时间，所以有时候在练琴时会背着刚满一岁的幸子。背上后就松松肩带让她站在椅子上以减轻肩膀的负担。

这种方法非常有效。

幸子也并不反感，经常就那样高高兴兴地睡着了。

老师来上课的时候，我也经常背着幸子上课。

老师边慨叹道“жизнь, жизнь(这就是人生、这就是人生)”，边温柔地凝视着幸子。

小叔子结婚 丈夫被召集

五月初，丈夫的弟弟津田寿造和我女校的山内秀前辈的长女千代要结婚了，媒人是清水三三先生（哈尔滨学院的俄语教授），津田的母亲梦芽、哥哥喜次郎和妹妹礼子均从京都赶来了。

正因此事，加之松花江的冰已经开始融化了，所以我们就让萨德科夫先生回去了。

婚礼在新哈尔滨宾馆隆重举行。

千代的父亲山内忠三郎先生是哈尔滨的老牌名流，亦收到了多方祝福。

婚后，寿造在山内先生经营的商事会社里打下手，婆婆梦芽和大叔子归国，小姑子礼子想更多地了解哈尔滨，所以留了下来。

某天深夜，突然传来了敲门声，开门后邮递员站在门边将一件似是电报的东西递给了我。

那是入伍召集令。我盯着召集令心想原来是这样子的啊。像是公用事业费催款单那样的粉红色，并不是想象中那样的红色纸张。我不禁心头一紧，赶忙告知了丈夫。

虽想过召集令随时都有可能到来，但事出突然，努力地让自己冷静下来可还是浑身颤抖。

丈夫告诉我因为是秘密召集，所以万不可与他人言说。

召集在一周之后。

“好像要与苏联开战了，还是带着孩子回日本吧。”丈夫这样对我说，于是我们迫不得已决定撤离回国。

尚处在和平中的哈尔滨此刻也弥漫在战争的惶恐不安中。

来自京都的学校老师决定要搬入我们在这里的房子，所以我们把全部行李都留在了那里。

我把被子和衣服打包通过铁路班列邮寄回国，于昭和十六年（一九四一年）六月二十七日晚从哈尔滨站动身了。

丈夫则乘坐稍晚的一班列车前往黑龙江河畔靠近黑河南部的孙吴部队报到。

丈夫目送着我们的列车离开直至消失在视线中，他那孤独的身影深深地烙印在我的心中。

在满洲我尚且没有身处战争的切实感觉，也从未想过这可能会成为最后的分别，但看着平日里爱热闹的丈夫，他孤寂的身影里渗透着从未有过的悲凉。

摄于伊万诺夫家前面，
幸四郎(左)和弟弟寿造(右)

摄于寿造婚礼后，和山内一家

新町的家中

到达京都后，在婆婆津田梦芽的竭力帮助下，我在新町的玄以町找到了一个较小的出租房，位于元町小学附近，我决定暂时安顿在那里。

这里离上贺茂的津田家和加茂川都很近。

干雄很快就去了幼儿园，而幸子的身体却出现了状况。

我带着幸子去了附近的医院，吃了药就会退烧，但病情反反复复总不见好转。小小年纪脸色却很难看，毫无笑意，怕是烧得非常难受了吧。

田中的母亲带她去了一个类似于气功治疗的诊所，名曰大灵堂。之后幸子的耳朵开始流脓，辗转持续了半年才得以痊愈。

在我看来，两个孩子的健康高于一切。

幼儿园的老师是个“野菜专家”，他告诉我：“与其说野菜能提

摄于京都玄以町房前

幸子和干雄

供营养，不如说是带给我们生命力，所以吃点野菜肯定会变强壮。”于是乎，我就去加茂川采野菜了。

有翠菊、青莎、繁缕、车前草……不一而足。

翠菊口感最佳，成了我们的家常菜。

之后干雄又感染了传染性脓痂疹，幸子和我也不幸感染，真是苦了我们娘仨。

一有空闲时间，我就会去新町的娘家、上贺茂的丈夫家和岚山的今道家串门，和两个孩子打发着日子。

生活已经捉襟见肘到买不起点心了，好在满铁人事科偶有汇款补贴一二，不至于太过艰难。

被孙吴部队召集去的丈夫时常会有信件寄来。

来信中他告诉我：关东军集结了七十万兵力，所以一直焦虑随时都有可能对苏联开战。但进入八月，上级下达了年内中止使用武力的决定，八月底通知要驻扎在满苏边境的城市、黑河的特务机关里。

我并不能理解军方的决定意味着什么，但想到可能解除战备状态，心里总算松了一口气。

这对日本的现状来说是好事，还是强势的军队另有企图，我完全不得而知。

然而，进入年关，即十二月八日清晨的插播新闻里，事态发生了巨大的变化。

清晨七点的广播里突然传来了《军舰进行曲》且不断重复着大本营的讲话。

“八日凌晨，帝国陆海军于西太平洋同英美军队进入战斗状态。”

那是偷袭珍珠港的新闻。

转过年来,新闻里每天都报道南方的战况,出征的士兵被不断地送往前线,气氛压抑到令人窒息。在昭和十七年(一九四二年)三月的春分日,传来了祖母花子的哥哥福井繁太郎舅公去世的消息。

听说早晨舅公就略感不适,午后躺在床上,傍晚开始就鼾声如雷,然后就再也没有醒过来,应该是没有缓过气来。

“我估计会在七十七岁喜寿时悄然走掉。”

这是他的口头禅,没想到却一语成谶了,刚好七十七岁离开了。

葬礼在寺町四条以南的大云院举行,吊唁者甚至排满了整段“四条通”。

丈夫在俄语教育队

丈夫从黑河特务机关调到了神武屯的俄语教育队，因担心我在日本的境况，故而寄了封信来。信中他告诉我，在黑河的工作并没有特别忙碌，每天只是学学俄语，清闲无所事事，孤独异常。在此节骨眼上我们彼此分离，着实心焦。

自太平洋战争爆发以来，一直担心的美军空袭不可避免地于四月十八日在东京打响了，我们整日都生活在物资匮乏的恐慌中。

庆幸的是，昭和十七年（一九四二年）九月，部队决定将丈夫分配至哈尔滨俄语教育队。能够重返哈尔滨工作，这对我来说是一个好消息。

我估摸着丈夫可能已经住进辽阳街的军官宿舍，安顿得差不多了。而此时，美军对日本本土的空袭日益频繁，我想还是尽早回哈尔滨为好,于是决定重返哈尔滨。

深秋十月，我和两个孩子从京都站坐上了去往下关的卧铺车。

这次旅途的路线同婚后的第一次大陆之旅相同。

神户到大连的航线要在海上耗时三日,而且有遭遇潜艇的危险,所以一开始我就放弃了这条线路。

恰巧有个亲戚跟我说要去探望出征朝鲜半岛的儿子,让我与他同行。如此非常时期又带着两个孩子而不安的情绪，因有人同行陪伴而略感慰藉。

京都到下关途中,幸子的身体出现了问题,在下关呕吐不止,软弱无力。亲戚帮我抱着幸子，在下关去门司的船上和关釜渡船上都帮我照看只有四岁的干雄,着实帮了我大忙。

以前从没有觉得去往关釜渡船登船点的栈桥竟如此漫长。后面还有两晚的火车旅行,到哈尔滨的路还很遥远。

重返哈尔滨

十月的哈尔滨已入冬。在寒风中瑟瑟发抖的我，一下车就看到山内家的阿姨过来接我们了。

“今年来暖气的时间比往年要晚上一周多，没有暖气的日子怕是得忍忍了。”

“战争的影响已经波及这里了。”

阿姨刚说完就去逗无精打采的幸子：“幸子，想不想吃巧克力呀？”

“那里面有东西吗？”幸子立马问道。

“当然啦。不然你是怎么想的呢？”山内家的阿姨有些意外。

那段时间，在日本的商店里已经买不到巧克力了，只摆了些空盒子。我也有些诧异尚不满三岁的幸子竟然也知道盒子里面什么也没装。

哈尔滨家人重聚(中为幸四郎的弟弟寿造)

辽阳街的宿舍

看到满洲物资还没有那么匮乏，我略微松了口气，沉浸在重返故乡的喜悦之中。

我们住在辽阳街的一幢二层小楼里。

一层是满铁的职工宿舍，二层是特务机关的宿舍。

我们的房子位于二层的最里面，下了楼梯即是公共澡堂。总共有三间房，采光很好，应该能在此安顿下来。

安顿好后，我赶忙去取寄存在伊万诺夫先生家里的家具和钢琴。

见到我后，伊万诺夫的夫人一副迫不及待的样子高兴地说道：

“终于来取行李了，真是太好了。在你们之后住进来的那家孩子经常爬上去玩儿，一直担心哪天把钢琴给弄坏了。总算可以完璧归赵了。”

我们把橱柜、餐桌、椅子、沙发等所有的家什都搬了出来。

但是一直精心照顾的橡胶树却在玄关外枯死了，这令我很是难过。

这棵很大的橡胶树，是从萨哈罗夫先生家搬来时宗先生送给我们的，辗转经历了几次乔迁都安然无恙地摆在家中。实在是太后悔回京都的这个冬天，没有托人把它挪到屋里过冬。

从我们军官宿舍所在的辽阳街一直往前走就是海拉尔街，那里有一栋很大的满铁公司的职工宿舍。刚结婚那会儿时常来玛利亚·尼古拉耶夫娜家串门的铃木三郎、竹森以及其他众多朋友都住在那里，终于我们又可以像往昔一般，小聚热闹一番了。

虽说已是战争状态，但由于躲避了对苏作战，所以此时的哈尔滨的局势尚且安稳。

那些天我又开始上钢琴课了。

这次我的钢琴老师是个荷兰女子,她跟我说道:

“我女儿还小,可不可以等我丈夫下班回家再过来?”

钢琴课和晚饭时间相冲突也是无可奈何的事情,但是除了奏鸣曲专辑外我还学了些其他歌曲，真是一段令人兴奋不已的快乐时光。

自己造房子的年轻俄国夫妇

我打算今年好好享受下松花江生活，所以及早就准备了在太阳岛湖岔口租个夏季避暑的家院。附近还有山内租的 дача（俄式郊外别墅），如此一来太阳岛之行值得期待。

丈夫在特务机关里的上司石川德广先生结婚了，美丽的新娘从日本而来，身体一直不太好。石川德广先生曾提及过他十分担心新娘的身体状态，于是我们提议让石川夫妇在我们租借的 дача（俄式郊外别墅）里再租一间，搬过来与我们一起生活调养。

我们租的 дача（俄式郊外别墅）是一对俄罗斯夫妇住的平房，只在夏季作为郊外别墅对外出租。

他们在松花江的一家船店工作，是一对三十岁出头的年轻夫妻。被阳光晒得黝黑的皮肤、发达的肌肉，显得体格十分健硕。

望一眼他们早餐后蒜皮堆积如山的餐桌，也就知晓了他们日常能量的来源。

他们正在院子的一隅建造一座木质小屋，二人亲力亲为，运土、和泥、粉刷，好不忙碌。看着房子一天天成型，我不禁感慨竟然还有这样自己建房子的人。

傍晚时分，我们也在院子里烤鱼、切菜，将备好的晚餐端到屋外的餐桌上。

此时我已知晓怀上了第三个孩子，开始有了妊娠反应，所以准备饭菜基本都是靠山内先生家的千代或石川德广先生帮忙。

有时我道一句“好想吃乌冬面呀”，石川先生的夫人就会和好面，转眼间就为我做好了手工乌冬面。

别说是照顾别人了，倒是我承蒙了石川夫人的关照。两个孩子也得益于大家的照顾，整个夏天都过得精神舒畅。

从太阳岛的 дача（俄式郊外别墅）再次返回伊万诺夫家时已入了秋。

丈夫那边也投入到新的工作中，开始了前所未有的忙碌。

俄语教育队所属的三四五部队的工作性质跟那些住在军官宿舍的上班族并无二异，比较清闲，但终归是军队，每月仍有一周需要值班住在那里。

丈夫告诉我最近他们上了一门名叫“俄国东方侵略史”的课程，每晚都伏案学习到很晚，他还买来了白色地图和彩色铅笔，在白色地图上涂色，进行资料准备。

“如此努力学习还真是头一次啊。”丈夫感慨道。

书架上的书也增加了不少，难得如此认真。

俄语教育队每隔三个月都有新入队的人，也会有离队的人，所以我们就会在自己家里举办欢迎会和欢送会，每日来客络绎不绝。伊万诺夫先生家的帮佣弗洛莎也会来大展厨艺。

饭后大家会一起合唱俄语歌。俄语教育队里也有俄国音乐的课程,所以大家唱得驾轻就熟。

登纪子出生

新年临近，我像往年一样每天都需要做不少体力活——将在一升量瓶子里制作的葡萄酒过滤倒到另外的瓶子里，整理堆积在玄关的蔬菜箱子,忙得不亦乐乎。

十二月二十七日清晨,我突然感到腹痛,距离预产期尚有一个月,所以完全没意识到是产前阵痛。但我还是提上备好的行李,趁丈夫上班前一起乘人力车去了哈尔滨市立医院。

“已经要生了,赶紧住院吧。”医生检查后跟我如是说。

“早了足足一个月,没事儿吧？”我问道。

“这不好说。”医生回答我。

胎动明明很有力,所以我觉得早产应该也没什么大不了的。

但丈夫却拼命哀求医生:“有没有按期生产的办法啊？”

“生产已经开始了,所以真没办法。”医生面无表情地答道。

如此这般周旋我还是住进了病房,姑且在病床上安顿下来。

今天医院没有提供午饭,丈夫就出门想法子弄些食物去了。

从生干雄那会儿就承蒙关照的大谷先生那时仍是哈尔滨市立医院的理事长。

“你来得真是时候,今天是院长夫人的预产日,所以特地请来了一位早已退休的知名接生医生。”他告诉我说。

病床上的我感到疼痛愈演愈烈,环顾四周并没有护士,手足无措的我只能探身去病房外看看,依旧没有人。

每当阵痛袭来时我就蹲在走廊上,强忍着疼痛终于摸索到了分娩室。

宝宝似是马上就要出来了, 医生就不停地用手按压帮助分娩,很快医生就让我躺在分娩台上,不一会儿宝宝就出生了。

哭声清脆有力,终于如释重负。

恰巧正午时分。

丈夫拎着午饭回来时,我已经回到了病房。

宝宝很小,体重有 2200 克,刚刚够不需要放玻璃保育箱的体重。当时的保育箱性能还没有现在这样好, 大家都说新生儿如果被放到玻璃保育箱里,意味着情况是很危险的。

医生说只要能吃奶就给她吃, 所以我和宝宝一起睡在床上,一哭就给她奶吃。

丈夫告诉说寿造夫妇已经把干雄和幸子接去山内家了,让我不用担心。值班士兵也已送来了部队的新年特别配给和粮食。

“给你带了满铁的配给哦! ”铃木三郎的夫人还给我送来了鸡蛋、火腿、香肠和年糕。

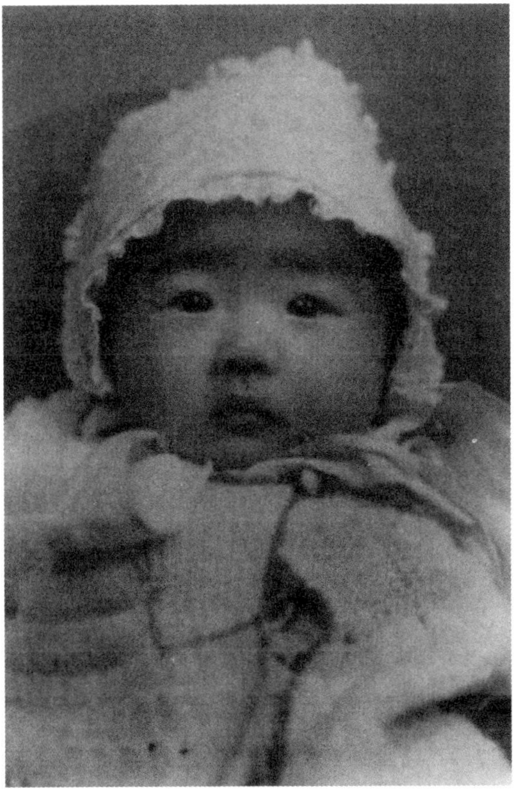

登纪子出生

俄语教育队时的幸四郎

我在病房里酒足饭饱，也不用做年菜和大扫除，只管在暖暖的病房里休息，真是无比幸福。看着脸蛋哭得通红、拼命吸奶的宝宝，我想这孩子一定会幸福终生吧。

住院十天左右，宝宝就长到了正常婴儿的体重，于是我顺利出院了。

我们给她取名“登纪子”，寓意像攀登世纪一般茁壮成长。

昭和十九年（一九四四年）的新年就这样在新生命诞生的喜悦中拉开了序幕。

这年四月，六岁的干雄进入白梅小学。住在一楼在满铁工作的铃木，他的长子铃木正夫已是小学五年级。由铃木正夫带头，干雄和落户于特务机关，住在二楼的山田女儿绿子一起上学。

孩子们走路去白梅小学要三十分钟左右。虽然距离有些远，但孩子们每天都嬉笑着结伴同行。沿着海拉尔街直走，过了马家沟河大桥，稍走一会儿就到了。

添了一个宝宝，照顾三个孩子的生活让我每一天都忙碌不堪，粮食只能依靠配给，商店的食品也开始渐渐短缺。

太平洋的南方战场战况不断恶化，在这里每天都会看到从满洲派往南方战线的人。

我一直思忖着我们在哈尔滨的生活将会持续到什么时候。最终，丈夫被转派到奉天防卫司令部工作。

那是昭和十九年（一九四四年）八月的事情。

丈夫先行一步去往奉天，我们则决定十月再搬往奉天。

清空房子后还需要大扫除，所以我们就暂住新哈尔滨宾馆一宿，做出发前的准备。

哈尔滨火车站的站台前，铃木三郎的夫人和竹森的夫人为我们准备了便当，与我们依依惜别。

奉天战备

在奉天我们暂且住进了单身宿舍。

那是学校模样的房子，一户有两间屋子，久住的人还用成套家具和沙发等设了气派的接待室。而丈夫的一间屋子里扯着根绳子，零星冷清地挂着一些洗过的衣物，另一间屋子里则堆着被子。

这还真像幸四郎这种生活上大大咧咧、不拘小节的人住过的房子。

第二天丈夫跟我说："坐马车一起去新家吧。"

我们就启程前往早已安排好的住处。由于事先没有去过，所以到底是个什么房子我们心里也没有底——不做作任何知会直接安排住处也是军队一贯的风格。

房子是两层砖房，四户一栋。放眼望去同样的房子鳞次栉比。听说这是朝日街满铁公司的职工宿舍，一部分租给了军队。

房子是日式风格，布局亦是日式的。榻榻米房有三间，房间里铺着地板，设有安装了煤气灶的厨房、暖气炉和浴室等。正房的窗户很大，但由于是铁质窗框，所以略显昏暗。暖气是蒸汽式的，各户自己供暖，这我还是第一次见。

暖气得一直烧到全家起床后，有时室内温度仅有四摄氏度。我在刺骨的寒冷中掏出前天的灰，然后再从外面填上煤并生上火，着实不易。

奉天跟哈尔滨大有不同。

学校门口站着手持钢枪的六年级男学生，清晨六点一响起“集结”的号角，人们就会在大马路上进行队列、逃生、水桶灭火等防空训练。我也穿着工装裤，背着登纪子参加了训练。

军营小卖部很远，每天的食品配给也各不相同。

由于每天都要出门，所以我就拜托马丁帮我介绍一位用人。

用人是一位朝鲜女人，我也是平生第一次跟朝鲜人打交道，所以发生了不少惊奇之事。

用人刚到家的那天晚上，她洗澡时把包括内衣在内的所有衣物全都洗了，洗澡后跟我说没有衣物穿了，我手忙脚乱地给她备了睡衣和贴身衣物。

第二天出去买东西时，她又说自己把外套和披肩都给了送她来奉天的大姐，所以我又给她准备了外套、披肩和鞋子。此外我还拆掉羊毛窗帘给她缝了一件外出便装。

“我出去啦！”每次出门，她都穿着仅有的那件便装知会我一声。

她坐在矮桌旁吃饭时，总是支起一条腿，将胳膊肘架在餐桌上。那时我尚不知道那是朝鲜人的日常坐姿，所以我在是否应该责备她这方面也纠结了很久。

千雄转学去了代田小学，幸子也上了千代田公园里的大山幼儿园，但身体状况不是很好，经常缺席。

昭和十九年末的空袭

昭和十九年(一九四四年)末,正是准备年货之时。军队由于担心美军空袭,决定把仓库储备的酒分配给有需要的人。于是丈夫兴高采烈地带回了不少日本酒。

丈夫大喜过望道:“正好有酒过年了。”

然而不幸言中,美军 B-29 轰炸机的轰炸在年前就开始了。

战机在右边的低空完成编队后,掠过晴空万里的天际,十余架战机发出震耳欲聋的轰鸣声。

我本想探身看看 B-29 究竟要飞到哪里去,但一想到随时都有炸弹落在附近,发生爆炸震碎玻璃的危险,就索性把衣橱中的被子拖出来,和孩子们躲进了衣橱里。

当 B-29 的声音渐行渐远,我望向屋外一切相安无事后,悬着的心终于放下了。

干雄和登纪子
（摄于奉天千代田公园）

穿军装的弟弟、幸夫和和朝鲜用人（短发女人）

翌日,高空中再次出现美军飞机,但此番并没有投弹,有人说那是在进行高空侦察。

那之后我们又陆续经历了几次空袭,听闻奉天站前的商业街不幸遭殃,我就跑去看了看。不过是建筑外墙的沙浆剥落,并没有什么破坏的痕迹。

在最近的空袭中有两架美军战机被击落,十余名美军战俘被押送至司令部。自十二月三十日一直到新年,丈夫为了调查讯问,一直留守司令部彻夜工作。

“听说美军飞机即使被击落,机组人员也能利用降落伞逃生,这跟我们的军队很不一样啊。可是这帮家伙很有骨气,大费周章都没有撬开他们的嘴巴。”丈夫告诉我。

这阵骚乱终于在数日后平息。从三四五部队退役后在三菱商事奉天分公司工作的指田先生经常来我家玩儿,也有我素不相识穿军装的客人登门。又回到了往昔宾客纷纷的生活。

壁橱顶上满满当当的日本酒也派上了大用场。

进入昭和二十年(一九四五年),日本本土的空袭日益频繁,每日都充斥着战争新闻,气氛也越发凝重起来。

六月二十三日,日军在冲绳全军阵亡,事态日渐焦灼。

即将奔赴战场的丈夫

六月末，丈夫接到赴朝鲜济州岛防卫部队的机动命令，很快就要奔赴前线了。

这时候必须要决定到底是回日本还是留在奉天，抑或是返回哈尔滨了。回日本几乎不可能了，而作为日军中心基地的奉天仍有被轰炸的危险，思量再三，最终我们选择回到朋友众多的哈尔滨。

搬家时还真是多亏了防卫司令部的士兵们——带来了许多自己手工制作的结实木箱子，把行李打包到木箱子后，还帮忙送到了哈尔滨火车站。

回到哈尔滨，我们决定住进特务机关给我们准备的军官宿舍里。军官宿舍位于奉天街的大直街和花园街之间，是一座掩映在灌木丛间的二层建筑物，这里已经住进了十几户被送往朝鲜济州岛的军人家属。

位于朝鲜半岛最南端的济州岛被称为“第二个冲绳”,可以预料的是这里将成为激战之地。

丈夫把我们送到哈尔滨的新家,停留两日后就启程了。

丈夫临行前,全家乘马车出去转了转,并一起吃了顿家宴。此外还饯别了旧友铃木三郎。

出发当日,我们在家门口送走了远行的丈夫。

一岁半的登纪子生了水痘,紧紧地依偎在我怀里,五岁的幸子和七岁的干雄则一直挥着手直到丈夫的身影渐渐模糊。

“这或许既是生离也是死别了。”此番我是真心这样想着。

军官宿舍里只剩下把丈夫送往前线的妻子和孩子们。

傍晚时分,女人们聚在出入口的台阶上纳凉,话题自然离不开自己的丈夫。

“好像是失明、失去两脚后被装在桶里送回来的呢。”

“那也是蛮痛苦的,可是回不来更痛苦,都不好受。”

诸如此类闻所未闻的沉痛话题就这样在坊间流传着。

看到附近军官宿舍的人在陆续搬离,大家不免陷入了不安。

“拜托了加藤, 到了司令部帮忙问问是不是把我们给忘了啊! ”

带着“承蒙”诸如此类的拜托之词,背着登纪子从中央寺院赶往铁路局方向的师团司令部就成了我的日常功课。

司令部里每天都挤满了接到召集令后提着行李赶来的人,接待人员忙得不可开交。

一番周折下,我终于见到了副官。

幸四郎(左)和妹妹礼子的丈夫辻正卫(右)

“请您千万不要忘了我们啊。”

“搬离军官宿舍的家属们都去哪里了?”我打探道。

“如果有人志愿前往丈夫工作地的话,我们这里是有政策支持的。”副官告诉我。

“或许是想即使死也要死在一起吧!”

副官的最后一句话渗透着一种痛彻心扉的绝望感。

之后有一天,我接到了丈夫的来电:“本以为会被派去济州岛,没想到派我去了朝鲜北部的罗南做了情报主任。现在这里没有战事,暂时安稳,你要不要过来啊？”虽说丈夫的前线战友们尚处在水深火热中，但一想到丈夫从危机重重的前线撤下来，我还是感到由衷的欣慰,于是我决意去丈夫那里。

我即刻到处请人帮忙，所幸买到了八月十一日的火车票。行李早就准备妥当,只需把行李寄存好,就可以准备出发了。

苏联参战

八月九日凌晨，似是电闪雷鸣的景象。

下一刻我就意识到那是空袭，心里一惊。

“空袭时没有拉响防空警报的话，那就是苏联。”

我想起来丈夫曾经这样跟我说过。针对美军是设有专门监测点的，故而一定会有防空警报。

如丈夫所言，那时的空袭一定是苏联参战了。

第二天一大早，我就去满铁公司职工宿舍找铃木，不巧的是铃木并不在。铃木是滨江站的副站长，因为车站遭到空袭前去处理了。

“大热的天出门，还真是有责任心的人嘞。”铃木的夫人满脸担心地说道。

铃木本因肺结核正在静养，遇到这种情况怕是也没心思休养了吧。

此时的大直街一片喧嚣与混乱。

我们所住的宿舍前布设了三层电线,配有三人的士兵小组。

如此一来,我们只能依靠收音机来了解外部情况了。

我们从收音机里听说苏军已经逼近牡丹江,开始自白城子向“新京”方向发起进攻,至于如何应对我们完全不得而知。

我把周身物品塞进帆布背包里,做了些易携带的口粮。还把军方相关的资料都扔到炉子里焚烧,其中包括丈夫在俄语教育队时彻夜学习赶制而成的《俄国东方侵略史》的书稿以及丈夫的军服照。

想着苏联军队攻进来时,还是不留下什么证据比较好,所以还是强忍切肤之痛,把一件件能够忆起往昔的物件焚烧干净。

最终,苏联参战导致所有列车全部停运,我们的朝鲜之行也化为泡影。

但冥冥中那或许也救了我们四个人的命。听说此前从哈尔滨出发的人因途中断了交通工具,着实吃了一番苦头。

八月十三日,我沿着大直街向秋林百货商店方向走时,坐在秋林前长凳上的一位旧识叫住了我,他是《哈尔滨每日新闻》的记者。

“夫人,战争要结束了哦。”他小声跟我说。

“真的?”我不假思索地问道。

他给了我一个确切的回答。

“还是抓紧时间准备些食物过冬吧。”他对我提出忠告。

回去的路上,我顺路去了街角的拉夫卡(食品店),那里堆着装满土豆的麻袋。

我合计着就先买这些吧，遂让伙计帮忙送到家里来。

“想买件衣服吗？”我问拉夫卡的掌柜的。

“买呀！”他欣喜地答道。

我想哪怕能换来一点点钱也好，所以就卖掉了衣服。

一件卖一百日元，总共卖了十件。如此一来，生活费暂时有了着落。

我从京都带来的这些衣服，在哈尔滨生活鲜有机会穿，此番算是派上了用场。

松花江上的班轮

哈尔滨学院

哈尔滨学院原名“日俄协会学校”,叫法甚是麻烦。一九一八年日本出兵西伯利亚后,时任日俄协会(一九〇二年设立)会长的后藤新平为培养一部分俄语人才，同苏联建立良好关系，遂于一九二〇年成立日俄协会学校。

当时在校生有四五十人,由各县选出一人派遣而来。幸四郎则是从京都派遣来的学生。

据说学生们从日本出发时,后藤新平本人是一定会亲自送行的,幸四郎也不例外。幸四郎入学的昭和四年(一九二九年)是他的终年,在幸四郎到达哈尔滨之前他就逝世了。

一九三二年“满洲国”建立后,更名为“哈尔滨学院”。一九三九年又更名为“满洲国立大学·哈尔滨学院”,隶属“满洲国”管辖。入学人数增加到一百人，该数目一直持续到战争结束。一九四五

哈尔滨学院剑道部成员和幸四郎(左三)

年四月入学的第二十六届学生是最后一届，于八月十五日之后封校关闭。

全部毕业生共计一千四百一十二人，战后至今每年都会举办同学会，即使本人去世也会由亲属代替参加，同学们建立了深厚的友谊。

一九九九年适逢同学会终了之时，又举行了纪念碑揭幕仪式。毕业生们在东京高尾陵园里设立了纪念碑，同学会遗属则会于每年四月十六日参加“哈尔滨学院纪念碑祭”。

哈尔滨城

有说法称哈尔滨在满语中意为“晒网场”，在以前不过是松花江沿岸的荒凉村庄。

甲午战争后的一八九八年，沙皇俄国将该地作为远东据点，仿效巴黎建造了哈尔滨城。

此后的一九一七年，俄国十月革命爆发，苏俄红军转移至贝加尔湖附近时，不服苏联统治的人们在其东侧成立了共和国。列宁逝世后，斯大林不承认该共和国的存在并下令处死了很多人。该地居民不得已大量逃亡移居至哈尔滨，使得哈尔滨的城市规模得以扩大。

一九三二年，哈尔滨的行政管辖权隶属新建的“满洲国”。一九三五年，由俄国人建设、苏联经营的北铁（西伯利亚铁路短线，满洲里-绥芬河）也被“满洲国”收购。自此，铁路运营权也移交给了满洲铁路(满铁)。

中东铁路的苏籍铁路工人大部分业已回国,留在哈尔滨的俄国人多是脱离苏联的俄侨(无国籍的俄国人),被称为白俄人。

一九二九年,幸四郎入学哈尔滨学院,那时的哈尔滨仍是俄国的租借地,与符拉迪沃斯托克(海参崴)之间往来自由。

我们婚后的一九三五年,哈尔滨成为“满洲国”的城市。

进入二十世纪初,哈尔滨人口增长,商业兴盛。为了利用松花江航运,方便装船卸货,修建了“中央大街”,此后这里日渐成为了中国船员、工人聚集的居住区,被称为“中国大街”。

第四章　今日浮生如野草

《遥远的祖国》

作词 / 作曲 加藤登纪子

初秋飘雪的城市
那是我的故乡
漫漫长冬
飞雪装扮的北国

即使不能称之为祖国
也请允许我
将这座满是陌生人的城市
称之为我的故乡

终战日

八月十五日,一大早广播里的音乐风格陡然变了。昨天还是气势高昂的军歌,今天则只有《海行兮》的音乐静静流淌着。

“正午请务必收听本台。”播音员不断重复道。我隐约觉察到可能有大新闻。

先前我从报社记者那里已听闻了战争结束的消息,所以预感到可能就是今天了。

于是同住机关宿舍的几个朋友聚到我家,大家一起收听了广播。

起初那些认为绝不可能战败的人,听着《海行兮》也开始动摇起来。

伴随着十二点的整点报时,夹杂着“沙沙沙”杂音的广播里传来了天皇陛下的声音。

“朕欲忍所难忍，耐所难耐……”

缓缓的措辞里并没有出现“终战”和“战败”的字眼，但战争结束已成事实，大家都长舒了一口气。

“活着真好。”有人道。这对于整日担心巷战一触即发的我们来说，的确是种解脱。

被派到济州岛的那些人应该也会因此躲过激战这一劫了吧？

丈夫现在应该也还活着吧？

想到这些，我还是开心的。

机关宿舍隔壁是特务机关办事处，从早晨开始就死寂一般。

我不经意间发现院子里冒起了烟，文件如同篝火般在燃烧着。

好奇心极强的干雄立刻翻过围墙一探究竟。

“正在烧照片，很恐怖的照片。”说完就又翻墙去看。

“太危险了，不要去！”

可他不听，来来回回好几趟，甚至还从围墙上跌了下来，又红又肿的脸着实吓了我一大跳。特务机关的人给他处理完伤口把他送了回来，不一会儿他就静静地睡着了。

这一带有很多机关宿舍，士兵们来来往往，让人感到前所未有的混乱。

“联络不上本部。”

“特务机关总部在哪儿？”

总有人打听类似的事情。

虽然此前也听到过不少关于战争的事情，现在我却突然意识到，我们从没有思考过战败后普通民众究竟该怎么办，事态将如何发展。现在想来，如果让游离街头的士兵脱下军装换上老百姓的衣服，或许更好吧。在被解除武装作为俘虏带走前，就没必要再展示日本兵的身份了吧。

此时此刻才深刻感觉到,无论何时,能够活下来、活得久一点才是最重要的。我不禁在想，有没有什么办法可以尽可能减少战败后的牺牲呢。

中国人还是很能看清形势的。

我们的房东是中国人，他的房子由于非常普通因此未曾被入侵过。附近有不少一眼就能看出是机关宿舍的建筑物很多都已经人去楼空。

中国人拆掉围栏,搬走家中物品,卸下房门,甚至连榻榻米都拆下来带走。第二天房东还揭下房顶的瓦,拆下窗框,转眼间房子就仅剩下了骨架。

他们的房子只要有窗框和房门，垒上晒好的砖，在房顶铺上木板，盖上粮食袋的防水纸，然后搭上细木棍最后压上石头固定好,就可以完工。我眺望着那些被搬得精光的机关宿舍,心想大概从这里运走的东西都去建造这样的房子了吧。

很快我们也必须腾出机关宿舍了。

我曾试着跟中国房东商量:“我们交房租，你继续把房子租给我们吧。”然而,房东却回答道:“这已经租给军队了,没法儿办啊。”

机关宿舍是不能继续住下去了，于是我把奉天寄来的行李打包暂存到尾中家里。

在终战的第二天，尾中一男被传唤去了苏军司令部，与乘专机前来的俄国高官见面，高官委托他编纂名册。虽听说对方有礼且绅士，但两三天后尾中依然没有回来，这让他的夫人有些不知所措了。

乘卡车前往收容所

二十三日一大早，我还沉浸在睡梦中，突然两辆日本军用卡车停在了机关宿舍前。

“带好铺盖和口粮，火速上车！”有人大声命令道。

家中书箱中的书自不待言，就连日用品也只能原样留在家中，仅用了个把小时我就把能带走的衣服、食物和被褥打包好，背着登纪子和两个孩子坐进了车厢。

留在家中的东西恐怕没有机会再去拿了。最遗憾的是没有带走保罗基奇先生送我的大量手写乐谱。

卡车沿着中央寺院旁的马路向马家沟的方向开去，然而我们并不知道目的地在何方。

干雄好奇于停在中央寺院旁的大坦克，而我的目光则停留在了对面开来的苏联军卡上。

卡车上有类似集装箱的东西，士兵只从上边露出头持枪朝向我们。

“麻烦了啊，我们的卡车上有军标呢。”开车的士兵这般说着，打了一把方向盘顺着马家沟河向右拐去。卡车在坑坑洼洼的土路上左摇右晃十分危险，然而此时的我早已无暇顾及。

没过多久我们便到了一栋似是新建房屋的门前，那里有一大片低矮围栏围起来的广阔场地。

下了卡车，正前方映入眼帘的大概便是忠灵塔。虽说我从未来过城郊，但大体位置还是知晓的。

进门走了十来米，便看到了入口一侧悬挂着一个写有“星辉宿舍”的门牌。

门里面是宽敞的玄关，正前方是一座气派的楼梯，长长的走廊延伸向左边，走廊两边各有几间屋子。

“这是哪里？”我问道。

“这是为哈尔滨女子高中的军人家属建的宿舍。”有人答道。看样子已经住进了不少人，我们应该是最后一批来到这里的了。

负责的军官好像也注意到了人数这个问题，他问道：

“总共多少人？”我数了一下总共二十四人。

“目前的空房间只能入住二十人，所以多出来的四人能不能住到别的房子里？”他问我们。

大家面面相觑。

“好不容易才在一起的。”有人说道。

“我们家正好四个人，可以去别的房间。”我主动提出来。当时在被送往济州岛的军人遗属宿舍时，曾近乎无理地拜托军官替我们另寻住处，这才得以来到这里。只要能待在这里去哪儿住都无所谓。于我而言，跟三个孩子在一起才是最要紧的事情。

最终我们还算幸运地住进了二楼的一间大房子。

同住在二楼的还有尚留在宿舍的十来名高年级女学生、因受伤打着绷带的高梨夫妇以及副团长藤田夫妇。

宿舍里住着约七十名妇女和七十个孩子，这些妇女跟自己的孩子一起住在事先安排好的房子里，而在司令部里工作的男性军属有十人，他们住在玄关旁边的一间屋子里。

高梨先生的伤手里里外外缠了很多圈绷带，“我掉进了郊外的战壕里，就成了这副样子。两只手都成了摆设，全凭夫人照顾，还请多多包涵啊。”

一楼最里面的房间里住着一、二年级的女学生约二十人，此外还有老师夫妇二人。上了楼梯之后在右侧有一个小房间，屋里住着中村阁下一家三口。

二楼有一个似是讲堂的大房间，房间右侧的窗边住着十余名女学生，壁龛前住着副团长藤田夫妇，其正前方是高梨夫妇。房间里的榻榻米尚很新，地板也十分光亮。

我把行李和被子放在靠近入口处，算作我们的容身之处。

除此之外，还有两位在司令部工作的单身女性也住在二楼的大房间内。

在这个年轻人居多的大房间里，大家彼此成了同舟共济的伙伴。

在星辉宿舍里，田边副官的夫人搞了一套责任制管理方案——把全部女性分成了组，五名负责厕所清洁，五名负责炊事。

此前我在司令部也曾与田边副官见过几次,我们这些军属能够搬到星辉宿舍也承蒙副官费心,但是与副官夫人见面还是头一回。

此前多番搬家的经历,让我体验到了全新的生活,也渐渐学会了面对现实。但如今身处接受战败创伤的不安中,每个人的内心都是荒凉的。我越发体会到:正因是此刻越要接受眼前的一切,这也是在考验我们活下去的勇气和信心。

孩子们的每一天似乎都有着用不完的精力:刚学会走路的登纪子开始在大房间里嬉戏玩闹,另外两个孩子也和女学生们玩得不亦乐乎。

次日早晨,一下楼后就觉察到了气氛的异常,死寂一般的凝重。玄关处有几个人在那里哭得眼眶通红。

据说是把家属送到星辉宿舍的那些司令部军人天亮之前骑马赶来,在此做了最后的告别。之后他们将前往阿城,解除武装成为俘虏。

掠夺开始

数日后,苏联兵来了。

那日,不知缘何大家都聚集在二楼,之后二楼的大房间里突然闯进了四五个矮个子男人。

其中一人不知从哪里弄来一把出鞘的日本军刀,大声咆哮着把军刀插进了榻榻米里。

其他几个人也分别配着冲锋枪(波波沙冲锋枪)。

他们说的并非俄语,所以我们听不懂他们说的话,但从姿态手势间我们明白了他们似是想要手表, 于是几个人交出手表,他们夺走后便离开了。

他们离开时,用日本军刀把大家平日经常在我这儿收听的那个收音机的绝缘电线也给割断了。他们那副凶残的样子令我胆战心惊,而语言不通更加剧了我的不安情绪。后来有人跟我说,他们可能是率先入城冲锋的惩戒营士兵。

这是苏军的首次掠夺,也许苏军也拿不准我们手边是否有武器而常保戒备。

那日之后,我们也听不成收音机了,担心随时都可能有苏联兵闯进来,惶惶不可终日。

八月二十七日早晨,有个男人大喊:“苏联兵来了！全部到外面去！”

闻讯后我们都匆忙跑下了楼,聚集在院子的大树下。而那些带着凉席和坐垫的人也只得无奈坐下。

这次来的人和之前来抢劫的士兵并不一样。乘军车的、列队的浩浩荡荡一大拨苏联兵跨过门前的栅栏鱼贯而入。

他们仿佛指挥有素一般,堂而皇之地闯入,大模大样地搬空家什。我们则站在远处的树下，看着这些在家和卡车之间来回穿梭的士兵。

那时候的我只想着保命要紧,其余发生什么都无妨。

那个清和的午后竟然还有人感叹着“真是个好天气”。

军属中的男人们担心被苏联兵抓壮丁也都一溜烟儿躲起来了。孩子们则以为是什么游戏一如既往地到处疯跑打闹。

即便如此,一过晌午,当值的炊事员还是尽职尽责地给我们分发了饭团和牛肉罐头。

暮色四合、气温略低的时候,我们估摸着士兵们可能回去了,这才战战兢兢地进了屋。

一进玄关,就看到左侧的走廊里密密麻麻地堆放着从走廊两侧房间里搬出来的家具什物和行李。屋内垃圾业已堆积如山,齐腰高的被子、榻榻米、隔扇层层堆叠，毫无落脚之地。

二楼同样遭了殃。大房间的榻榻米全部被揭了下来，被扯碎的滑门、被子和衣服也堆得像个小山包似的。

睡觉的容身之处是无论如何都必须得保住的，于是我把手头的衣物塞入行李箱里，两个人扛着扔进了院子的防空洞里。

我拾起周身的衣物，其中啪啦啪啦散落的皂粉、味之素和大米混杂的味道呛得我流泪咳嗽。随之而来的便是令人头疼的无休无止的打扫和收拾。

我铺好还可以用的榻榻米，掸干净沾满白色粉末的被子，把垃圾堆在屋子的另一边，终于哄着孩子睡着了。

那一晚心里总算平静了些。

那天之后，相同的掠夺又持续了两天。

一楼最里面的一间房子里储备的大量粮食也都被抢走了。

他们发现有人把钱藏匿在榻榻米和隔扇中，所以拆下榻榻米和隔扇进行搜查。

我也把壁龛推拉门内侧的纸揭下来，把钱藏在了那里面，幸运的是并没有被发现。其他的钱我则在刚开始掠夺时装入茶桶里，寄放在了伊万诺夫家里，这样说来也算是幸事一件。

第三天，在我收拾家的时候，来了三名素未谋面的苏联军官，清一色的黑色肩章和持枪武装。

“这是谁干的？”他们看到满目狼藉的房间一脸吃惊地问道。

“苏联兵。”我回答道。

“真过分。”对方大吃一惊道。

“他们明天再来怎么办？”我询问道。

“明天开始，我们会驻守这里，若有什么事就到那里找我们。”对方指了指院子对面丢下这么一句话便离开了。

从第二天起就没有如此这般的掠夺了，但时不时也会有两三人登门，每次我都跑去执勤室那里喊人，但是对方总是不能立刻抽身前往。好不容易把长官带来，那些人远远地看到长官来了就逃之夭夭。

男人们在窗户和入口处粘上木板，在入口处装上紧急铃，平常设有专职守门人，自此便没人可以随意闯入了。

尽管如此苏联兵还是会时不时地“登门造访”。每当他们闯入，紧急铃一响，大家皆四散躲闪，最终只能是懂俄语的我上前交涉。

“Здравствыйте（您好），您有何贵干？”我问道。

对方的大体意思就是“来查查有没有武器”。

我若说：“在这种只有女人和孩子的地方怎么会有武器呢？”对方便会一直嘀嘀咕咕。

我只好说：“总归看了才能放心吧！”对方便一脸欢悦地进了屋。

“不能穿着鞋在榻榻米上走。”我如是说。

由于他们不肯脱鞋也就只能在走廊溜达一圈作罢，渐渐地我跟他们周旋的手段也越来越娴熟高明了。

某天我想出去走走，就从星辉宿舍前的马路穿过公园，一直溜达到电车道附近。

在那里我放眼望去，堆积如山的蔬菜、从日军仓库搬出来的味之素、酱油、谷物等占据了整个街道，让人有些想不通从哪里冒出这么多品种繁多的东西,俨然成了一个街边市场。

我完全惊异于这意外的景象,想着自己先前还在担心城市生活会不会因为战败而崩溃,还真是杞人忧天了。

回到星辉宿舍后,随处可闻啼哭声,空气中弥漫着异样的气息。

“怎么了?”我问道。

“藤田副团长跟我们说‘再过几天就没粮食了,到时候我们只能活活饿死,大家做好准备吧’。”

我先是一惊随后扑哧一笑:

“大家出去走走的话,无论多少食物都买得到的,怎么可能饿死呢,所以放宽心啊!”

这段兵荒马乱的日子里,还发生了一个小插曲。

“干雄被中国人给抓走了!”干雄的玩伴跑过来说道。

男人们听闻立刻抄起棍子跑了出去,当看到他们把干雄安全带回的时候,我才松了口气。

听干雄说是几个玩伴一块儿去中国住家拾柴火,被抓了个现行。在这种关头遇上这样的事情,就连调皮捣蛋的干雄都感到有些后怕了。

干雄自从加入了五年级男孩的小团伙后,便一刻不得消停,每日都像屁虫一般跟着年长的男孩子四处转悠。

来自北方的难民

某天，丈夫在哈尔滨学院的后辈、第十七届毕业学生竹崎志水先生和滨田一家来到了星辉宿舍。

滨田的丈夫是瑷珲部队的部队长。

瑷珲部队由于没有接到终战命令而选择继续战斗，于八月二十三日向苏军投降，滨田麾下的幸存军人全部成了俘虏。

滨田夫人称她从阵地藏身之处出来一看，满目皆是倒下的马匹，牺牲的士兵都湮没在马匹之下看不见踪影。

之后一家人就被集中到一个地方软禁起来。终于在一个月后，竹崎先生身负滨田先生的重托，带着四十余位家属来到了哈尔滨。

此时的花园小学已成为接收北方难民的收容所，他们先是在那里留宿了两日。后来由于滨田的二女儿阳子小姐住在星辉宿舍里,所以滨田一家五口便来到了这里。

阳子小姐是二楼大房间的住客,所以滨田一家也一并入住了大房间,跟我们一同起居生活。

还真是不可思议的奇妙缘分啊。

我无论如何都没有想到竟然能以这样的方式和三菱商事的前职员竹崎先生再次见面,此后还承蒙了他太多关照。

此后每天都有大量来自北方的开拓团难民来到哈尔滨,整个花园小学人满为患,应接不暇。由于星辉宿舍离那里并不远,所以我时常能目睹到那里难民的惨状,令我心如刀割。

听说瑷珲部队里的其他家庭已经离开花园小学南下去了。只要列车不停运,难民救济会就会把大量的人源源不断地送往南方。

在出发之前,救济会并不能保证一定能够安全抵达日本,但人们依然热切期望着早日回到祖国的怀抱。

奥萨奇军官

在一个阳光明媚的早晨，我在外边忙活着，突然有一个军官径直走了进来。

“有件事拜托你，找上四五个人带着清洁工具过来下。”他跟我说。

我没法拒绝，就找了身边几个略微年长的人，一行五人带着水桶、抹布和扫帚等工具跟着军官去了。进门后我们才知道原来是要我们把这间日本人撤离后收回的住所打扫干净，以便迎接新的住客。

我们用抹布擦干净窗框、窗玻璃、地板、桌子和椅子腿等，收拾了垃圾，全是不折不扣的重体力活儿。打扫完之后，他给了我一块他们常吃的被称为“砖块”的黑面包。

我问那位军官的名字，他告诉我叫“奥萨奇”。

奥萨奇中尉每天早晨都会过来，有时候也会让这里的男人跟着他出去。

有次他早饭前过来，跟我们说："快过来。"

"这还没吃早饭呢。"我们回答道。

他就会说："会给你们准备早饭的。"

于是仍旧是我们五人跟着出去了。

他的家虽已入住，但他仍然吩咐我们："明天总督会来，要给我认真打扫。"

我们就把地毯搬到外面抖掉尘土，扯下桌布、拆下窗帘擦拭干净，玻璃也做了彻底的清洁。待我们忙活完大扫除，厨房里也已备好了饭食。

他们向干巴巴的黑面包片喷点水雾，然后把面包放到盘子里，硬邦邦的面包就能变得松松软软的。初见这种做法，心中不免惊奇，据说这是苏联军队的随身口粮。

切成厚片的香肠同样很美味。

"喝红茶吗？"

"喝。"我这么答着，他就会用水壶在杯子里给我沏上沸腾的红茶。

"加糖吗？"

"加。"说罢，他会从桌子抽屉里拿出装着砂糖的布袋，小心翼翼地给我加糖。

掠夺刚开始的时候，仅仅是提起苏联兵大家就如鸟兽散，但是当我以这种方式和他们接触后，发现还是有可以信任的军人的。我深知无论何时都要毅然决然地坚持自己的立场。因此也就无须唯唯诺诺，而必须堂堂正正地面对对方。

无论何时，人与人的接触交往都是建立在彼此尊重的基础上。

然而，十一月六日即革命纪念日的前一天，藤田副团长突然告知大家：

“明天是革命纪念日，苏联兵会喝酒狂欢。恐怕也会有烂醉如泥的士兵来我们星辉宿舍，如若他们要带走女人，请不要反抗，要是他们开起枪来可就糟糕了。”

听完这席话，我满脸震惊：相比反抗与否，阻止他们进来才是更应该做的事情吧。

从七日傍晚开始，女人们就在玄关处合力筑起了挡墙。她们把椅子和桌子层层堆叠，并在上面摆上装满水的水桶。从入口到走廊层层设置了好几层这样的挡墙，并拉上窗帘防止灯光外泄。此外还做好了紧急时刻全部熄灯的戒备。

夜幕降临，果不其然到处听得到士兵们发出的奇怪声响和高歌的声音。透过窗帘的缝隙亦能看得到宿舍门前走过的成队士兵。

如同打仗一般，我们关掉所有的灯，凝神屏息彻夜守候。

然而最终什么事也没发生，一切都相安无事。

缝制人偶

我从屋内堆积如山的宝贝中发现了旧床单，就盘算着能不能做成人偶之类的卖给苏联兵。因为我此前听日本兵说起过在慰问袋里发现吉祥物人偶后他们很开心。

于是，我制作了几个小人偶带到了苏军宿舍。

“人偶？这不是给小孩子的吗？”对方并不买我的账。

我并没有气馁，继续往里走推销，这时有个年老的士兵拿起了人偶：

“милый(好可爱)！！”他笑道，并爽快地买了一个。

随后他小心翼翼地从胸前口袋里掏出家人的照片给我看。照片上有他的夫人和刚出生没多久宝宝的笑颜。

“您的家人都在等着你呢。”我跟他说。

“好想早点回去。我还没见过我这个孩子呢。”说罢，他面露难过之色。

回到星辉宿舍后，在门前碰见两个归家的一二年级女学生，两人胸前挂着箱子。

“干吗去了啊？”

“卖糖果去了。”她们答道。

“卖出去了吗？”

听她们的回答，似乎卖得不是特别好。

我们制作的吉祥物人偶的销售情况也不太好，所以我想尝试一下那种可以抱着的大人偶。床单、衬衫、孩子的洋装等废旧物品都成了我们的原材料，用白布缝制人偶的身体部分，用破棉被的棉花充填好，几个人偶就算完工了。

其他屋也开始制作人偶了，房间里经常充斥着诸如“某某先生做的脸型最好”、“某某先生做的发型比较好”的讨论声。

在秋林百货商店附近有一个老集市，旁边是一个针对日本人开放的市场，我也在这里卖人偶。

我站在市场入口附近售卖，却在这里意外碰上了此前在奉天承蒙关照的军医夫人。

“人偶啊，正好孩子们没玩具了，给我来几个吧。”她爽快地买了几个。

这可是第一单开门红。

从那之后我渐渐熟稔生意之道，星辉宿舍的女人们也因缝制人偶生活越发丰富起来。

集市附近的很多店已经恢复到初来哈尔滨时的模样，满满当当的商品堆满了整个店面。

战争结束后,先是日军仓库里的储备酱油、味噌、小麦被运了出来,加之附近农民运来的堆成小山似的黄瓜、番茄、茄子、南瓜等均在此售卖。这让我想起终战前曾实施过的配给制度导致物资极度匮乏,现如今一切都像梦境一般。

但不论什么东西的价格都堪比配给时代的黑市价格。

秋林百货商店也一如既往地开门营业,但“亚细亚电影院”变成了难民收容所,外面有很多洗涤的衣服随风飘荡。

成为秋林的裁缝

我听说有日本人在秋林百货商店做裁缝，于是就找竹崎商量：若是能找份洋装裁缝的工作我还可以积累一些专业经验,回到日本后兴许还能成为一条谋生之路。

竹崎十分赞同我的想法,并于两三日后送来了好消息：

“我已经安排妥当了,我们即刻就去吧。”

来到秋林的女装卖场,他把我介绍给了一位衣着考究的中年女性,她是这里的负责人。

她直截了当地说:“明天来上班吧。”

什么问题都没问就说了 OK，这股干脆劲儿着实令我大吃一惊。随后她交代了工作间的位置,从后门进去一眼就能看到。

于是,第二天我就开始正式上班了。

至于孩子这方面,滨田夫人跟我说:“我帮你照看着,放心就好了。”

工作间约有学校教室的一半，窗边延伸着一个七十厘米宽的台子，中间摆放了一张一米多宽、三米多长的桌子，这便是我伏案工作的地方了。

在这里工作的日本人共有四人：年轻的林、工作时总是沉默寡言的年长者、刚崎的女儿和我。而其余六个人则都是俄国人。

“坐这里吧。”刚崎小姐把旁边的座位腾空招呼我。

刚崎小姐的父亲曾是哈尔滨市的市长，我在清水三三先生家里也曾见过他。而我跟刚崎小姐就更是熟识了。

在正面的大桌子前，坐着一位年长的清瘦女师傅，日常都是她分配活儿给我们做。我的工作就是把绉绸衣服裁剪成连衣裙，在粗缝的基础上再进行精细缝制。

毛料衣服的缝制都交给裁缝们做，我们则只负责绸料连衣裙的缝制。

碰上听不懂的俄语，俄国人庞娜就会帮我翻译，庞娜曾经在长崎待过一段时间，经常故意讲长崎方言跟大家插科打诨。

傍晚时分，完工的洋装整齐地挂在衣橱里。单单看到这些设计风格迥异的洋装就能学到很多东西。

俄国的裁缝大都上了年纪，从业都已十余年。只有一人年纪尚轻，她承担着最艰巨的工作任务，好像是个主任。

吃饭时我们则坐在男装工作间和女装工作间之间的夹道桌子上，饭食是一大锅汤和一大锅抓饭。男人们多是中国人，他们会替我们分好饭，略有剩余时可以添饭。

“加藤家里有孩子，带些饭给孩子吃吧。”所以饭后也会装些

秋林百货商店

饭食在饭盒里递给我。

过了五点就没有电车了，所以大家完成工作后，就匆匆回家了。但也有时候碰上电车满员不停站，那就只能步行回家了。

从秋林百货商店到星辉宿舍要走一小时左右，沿途枪声四起，纵是危险万分也无计可施，只得加快脚步赶路回家。

把带回来的汤喂给等在星辉宿舍的孩子们是我一天当中最愉悦的时光了。

每完工一件衣服可得到一张小票，每周五便可去经理的窗口领取报酬。这对于从未领取过工作报酬的我而言，自食其力的喜悦溢于言表。

这样的生活持续了一个半月左右。

星辉宿舍的人们都开始热衷于人偶制作，逐渐在各个房间之间形成了竞争。他们和秋林百货商店约定卖掉后再收钱，所以人偶甚至都摆放到了秋林百货商店的橱窗里了。

然而在这期间有人哭诉道：“不知谁也不吱一声就把我自己的衣服拿去做了人偶。”所以人偶制作这项营生也被迫终止了。

洋装裁缝的活儿也越来越少，我们这些临时工更是接不到活儿了，所以最终我也辞去了秋林的工作。

离开星辉宿舍

这时期的哈尔滨城难民如云，星辉宿舍也把一楼最里侧的一间房子腾出来给他们住。

难民们均是在此地暂住，随后又会被送往别处，当然又会有一拨拨新人被送到这里。

他们多是衣衫褴褛，有的甚至形同全裸。我们会给他们提供洋装并跟他们分享食物。

那期间，孩子们大面积感染麻疹，相继出现发热症状。

厨房旁的一间屋子成为病房，医生肯定是没有的，只有一个非专业的男军护开药、照顾病人。

他自嘲自己是“庸医”，所以大家也都喊他“庸先生”。

即使如此，因为没有针对麻疹的特效药，所以大约每周都会有一个孩子死去。

每当有孩子死去，就会有男人将树砍倒制成小棺材，然后由团长在自己的房间里念经超度，举办一个小型葬礼。饱受丧子之痛的母亲会挨家挨户送去蒸熟的土豆寒暄一番。不知何时这已经成了习惯。

孩子们一脸欣喜地接过蒸土豆的情态让人不免心生悲悯。

就这样，宽广的院子里竖起了一座座墓碑。

幸运的是我家三个孩子以前都得过麻疹，算是躲过一劫。

在这种时候，我越发体悟到了何谓命运的安排，我屡次都能得到命运的眷顾，令我由衷感恩于上苍。

我发现在这样严酷的环境中难民明显分成了两拨：一拨勇往直前，并未失掉活下去的勇气；一拨则已丧失了生的意志。

我想这并非个性的问题，而是营养的问题。

极端饥饿才是最可怕的东西，它会让人丧失求生的意志。

有一天，团长跟我们说了这番话：

“这样下去的话，如果下达了撤离这里的命令，我们也是无法违抗的。若登记成难民收容所的话可能会有更多人住进来，所以要废止配餐制度。剩下的粮食将由大家平分，在此期间能从这里搬出去的就请搬出去吧。现在的男女分屋变为以家庭为单位分房间，从今以后也请大家餐食自理。”

我当即决意搬离星辉宿舍，这便意味着我即将结束这里的集体生活。因为这样继续下去不仅得不到什么，反而要时刻担忧传染病的爆发。

二楼的住客们也渐渐搬离。

我在这里还有关系最为亲密的亲友，于是我先去了位于外国三道街的山内家。

“我正等着姐姐过来呢，我给你们腾了间房子，你们赶紧搬来吧。”山内如是说。

她的好意让我颇感慰藉，心想趁着现在还有点粮食赶紧搬过去，所以就带着分到的粮食搬到了山内家。

对于留下的那些人将会怎样我虽颇感担心，但亦无暇顾及他人。虽觉不妥，但也只能一声不响地默默离开。

已是十一月的中旬。

那时的山内家情况复杂：寿造应七月的召集令伐战出征；次女久代在红十字医院做药剂师，但被军队征召后就音信全无；长子信一就读于东京大学，在终战前后也失去了联系。

山内夫妇和长女千代三人一同生活。此外在山内家的一间屋子里还住着久代的同事，同为药剂师的冈田一家。

山内忠三郎每天都出去照顾难民，感染了斑疹伤寒高烧不退，从此卧床不起。

冈田虽用尽浑身解数仍无法力挽狂澜。十二月二日晚，山内忠三郎出现痉挛，呻吟不止，随后便与世长辞。

一个好人就这样走了。

山内婶婶听说“火葬可能需要好几公斤汽油”，但是无论如何大家还是想法子把山内伯父给火化了。

他的骨灰被安置在房间的佛坛上，我们每晚都聚在一起咏歌祈求冥福。而孩子们马上就模仿我们的样子玩起了所谓的“葬礼游戏”。

彼时的哈尔滨城成为了一座收容途遥日暮人群的大熔炉。

裁缝铺开张

我想在山内家从事洋装裁缝的工作，于是打算把寄存在尾中家的缝纫机取回来。

缝纫机有幸保存下来，然而寄存的其他行李基本都没了。

“行李都放在了二楼，可能被别处来的人变卖掉了吧。”

跟我说这番话的夫人明明正穿着我寄存在那里的红色羊毛连衣裙。

她和从京都过来的弟弟一起做着卷烟生意，每个人仿佛都绞尽脑汁地合计着谋生的手段。

为了不让这非常贵重的缝纫机在途中出现问题，我把机台和机子拆开，分两趟运回来。我把它包裹成外观完全无法辨认的模样，并拜托了一个搬运工朋友帮忙安全地运了回来。

很快竹崎登门为我介绍了一位相熟的客人，是位犹太商人。

我的第一项工作便是按照她的要求给旧西装做上垫肩，然后给裙子缝上缎带。仅通过这两次修整，洋装就完全变成了时兴风格，令我惊奇不已。随后从亲戚到朋友，很多主顾开始源源不断地登门了。

之后我也接到过需要去主顾家里进行量体裁衣的儿童洋装的订单。在裁剪布料的过程中，有时身旁的客人会要求给腰身加宽四公分、给袖子加长五公分等，以便能够适应孩子日渐生长的身体尺寸，随时做出调整。而裁下来的布无论多小，都会拉直伸开整理妥当。

我记得以前在玛利亚·尼古拉耶夫娜家时，时不时会碰上一整天都忙着缝缝剪剪的裁缝，按旧洋装的版型缝制新的洋装，或者缝制成便服、裙子、衬衫等日常衣物。

而此时的我，也很像那会儿出差在外的女裁缝吧。

我还制作了一件棉絮长袍，这是我第一次知道片状棉花的存在。

和犹太人的接触也始于彼时，他们在外貌上似乎跟俄国人并无二致，但接触久了则会发现很多不一样的地方。

“只改垫肩的话，五十日元。”我说道。

“四十五吧。”对方还价道。

“行吧，那就收您四十五。”

“谢谢，谢谢。”对方边说边深深地鞠了一躬。

俄国人对于这种金钱不会锱铢必较，而犹太人仿佛都有这种讨价还价的习惯。

犹太人的家内饰豪华，地板擦得闪闪发亮，甚至能映出橱子里玻璃餐具的倒影。沙发上铺着很大的皮草，我要落座时他就会掀起皮草。

“您请！”他招呼我落座。

皮草下还铺有沙发罩,从沙发罩之间能看到沙发的原样。沙发通身都盖着布，针脚细腻密集，贴上这么多层布料也着实让我惊叹不已。

睡袍的肩部也贴着补丁,针脚格外细密。

在日本,打补丁时都是在内侧贴上布缝好,这样在外面就看不出缝补的痕迹了。而犹太人都是直接在外侧贴上布，像嵌花一般缝起来。这或许也算是一种文化差异吧。

“您这里有线吗？”我问道。

随后他会把塞满了拆线的针线包递给我。在此之前,我也做过一段时间的洋装裁缝,如此珍惜节约线头的我还是第一次见。

另一个不同是犹太人对消息获取的缜密性和及时性。尤其是在这种政局动荡的时期，他们总能有比我们更早获得消息的渠道。

此外我对他们家竟然有石油灶也感到惊诧不已,莫非他们有获取石油的途径？

当时的哈尔滨已经停了暖气，甚至厕所都结冰到无法使用。所以他们的获取渠道就成了一个谜。

“加藤,今后换些美元藏起来吧。等你回到日本一定能派上用场的。”他对我发出这样的忠告。

当时的我并不明白个中玄机,后来才真正惊异于他们的精明之处。

我的订单客户以日本人居多，但订单的内容却大不相同：短衬裤、衬衫、儿童衣服形形色色。那时候已经没有卖衣服的了，所以裁缝的工作总是忙忙碌碌的。

干雄在白梅小学的班主任冈田老师恰巧也住在三道街，就像我的后援团一般每日都来光顾我的铺子。

中式食物

我无法预知未来生活的走向，于是想着还是尽可能习惯中国底层人群的饮食生活比较好。

在三道街对面的楼房之间稍稍偏里的院子里，有个小作坊。那里有一只蒙眼拉磨的驴子，旁边是个烧饼摊，干雄和幸子经常兴高采烈地买烧饼来吃。除了拉车四处叫卖的板栗饼，我还"孜孜不倦"地给孩子们吃猪肉馅包子、大蒜、葱、黄油、油花小炒等食物来补充营养。

断水断电时有发生，如若不幸中彩简直糟糕透顶。

断水时，会有人通知我们去某处提水，所以即使路途遥远，我们也必须提上水桶去打水。

停电时，我们就在深口盘里添上灯油，用棉花捻成一股小短绳点火照明。有时三更半夜会突然来电，这时我则慌忙爬起来熨烫成衣。

洗澡也是个不折不扣的大工程。澡堂时常不开门，所以我总要先打听清楚哪家澡堂开门，然后飞奔而去。

配有俄式浴盆的澡堂单间里，浴盆是很大的，盆底也很滑，单孩子用的话可能会出现溺水情况。我们三个人早该好好洗个澡了，不承想那个管理澡堂的中国男人从我们一进去就开始催促我们“快一点，快一点”。好不容易找到单间，却没能悠闲自在地洗个澡。

集体浴室里只有淋浴，浴缸只是个摆设，并无热水。其实澡堂里应当暖暖和和的，在那里或许还可以蒸蒸我们现今说的桑拿，但实际上可能由于燃料不足，屋子里寒冷难耐。因此想要舒坦地洗个澡都成了奢望。

年末年初似乎并无分别，整个昭和二十一年（一九四六年）的正月都是在忙碌中度过的。

竹崎曾经邀请过我：“一定要来我家玩儿啊！”于是我只身拜访了他家。

餐桌上，黑豆、大豆、鱼子三种食品被精致地摆在小盘子里。

“都没怎么准备好食材呢。”他夫人客气道。

对于这意想不到的正月菜肴，我受宠若惊。

山内家因山内伯父尚在戴孝服丧期中，整个正月禁忌颇多做不了什么事情，反而增添了几分清闲。

苏联撤军

从正月起，哈尔滨的行政管辖权由苏军移交给了国民党，同时也下达了日本小学的复课通知。

由于学校的校舍都被没收了，所以只能采用租用个人房屋进行小型私塾教学的模式。干雄就从外国三道街小学转到了离家更近的“日本学校”。

干雄每天都活力无限地去上学，但有时会气喘吁吁地跑回家：

“我们又被中国孩子给追了！”

那一带有很多日本住家，所以中国人的反日情绪应该并没有那么高涨。但无论如何这对孩子来说都非同小事，所以我一直忧心忡忡。

学校课程也是时断时续，导致孩子无法持续性地学习，所以我经常在家教干雄。山口家里有一本《少男少女文学全集》,干雄经常入迷地阅读着《格林童话》和《安徒生童话》等。

那时的中国尚处在蒋介石领导的国民党和毛泽东领导的八路军之间的内战中。然而自内战爆发至今，我并未有身处其中的切实体会。

但四月二十五日,八路军突然进入哈尔滨。头天夜里枪声四起,第二天一大早八路军就进城了。与此同时,苏军开始撤退了。

有天我路过中央大街的秋林百货商店时，发现那里人头攒动,还有人抱着留声机和家具等大家什。

见此情景,我想起了苏军军票即将变成废纸的传言,也便明了了他们急于把军票换成实物的慌忙之举。

我也拼命地想挤进门,然而终究差了一步,百货商店关门了。从那日起,苏军的军票便不再流通了。

时局的变化就这样毫无征兆地发生了,而我们只能在这样一个既没有警察也没有法律护我们周全的流离之地生存着。

即便在对明日之事无从预知的日子里,美丽的春天还是如约而至。

紫丁香盛开吸引了过路人群驻足欣赏;彼时,我经常在外国三道街附近的空地上和一群中国、俄国年轻人打排球。由于我曾经在排球部待过，所以他们都很欢迎我。能跟这群活力四射的年轻人酣畅玩耍,我感到欣喜万分。

是否留在哈尔滨？

昭和二十一年（一九四六年）七月，撤退协议达成，正式开始了日本遗华同胞撤退至日本的工作。这对前途未卜深感被抛弃的日本人来说，是个无比振奋的消息。

“夫人，你不回国，留在哈尔滨怎么样？工作上的事儿我会帮忙的。”竹崎热情地提议道。

“日中关系尚未破冰回暖，贸易也未恢复，只要我们这些留在这里的人齐心协力、众志成城，我想这一天不会太远。”

我对竹崎的这番话动心了。我喜欢哈尔滨这座城市，洋装裁缝的工作也很顺利，如此生活下去也是有盼头的。

住在山内家的药剂师冈田先生也因为红十字医院的工作留在了哈尔滨；住在海拉尔街满铁公司员工宿舍的竹森先生也没有直接回日本，好像是去了佳木斯。

听说日本已是焦土一片,来日不可待。想到这些,对于在这座城市生活了十年的我而言,舍弃留下来的念头着实令我难下决断。

这份烦恼如同切肤之痛让我郁郁寡欢,左右为难。

外国三道街上的行商熙熙攘攘,而撤退相关的谣言也渐渐闹得沸沸扬扬。

军队里的士兵们也复员了,整日无所事事,他们中的一些人也加入了行商的行列。

有一天,山内家来了一个士兵,说是来找人的。听说长途跋涉好几日来到哈尔滨,而同伴却不幸中途坠桥而亡。同伴生前曾说是来找一个名叫山内的人,于是他就找到了这家。

此话真假无从判断,但看他饥肠辘辘且并无容身之处,便让他住下了。

当然心里也是有些算盘的,想着多个男人帮衬总归生活方便些。

对未来全然迷茫的同胞们带着超度每日的心情,努力活好当下,我对此感同身受。

此时,正是春夏交替之时,松花江上也可以洗衣服了。

外国三道街距离松花江很近,所以做完裁缝的工作,我就匆忙跑去松花江,赶在日落之前洗完衣服。因为日落后天色渐黑,走夜路并不安全,所以每日过得都像是跟太阳君赛跑。

但我依然非常喜欢这段时光。

太阳在松花江上游缓缓落下,夕阳染红了整片天空,映照着波光粼粼、熠熠生辉的松花江水。我又岂忍舍弃仅在此处才能感受到的这种难忘的美呢?

我的心又开始动摇了。

从刚来哈尔滨的第一年，便一直在松花江对岸的太阳岛避暑,那段跟俄国人和朋友一起生活的时光真是美妙啊!

虽说日本战败了,但想继续在哈尔滨生活下去的心情依然在血液里生生不息地涌动着。而在接触了中国人，感受到他们那种坚忍不拔的生命力后,我的这种想法越发强烈。

不是站在战前的特权立场,而是以一个人的姿态只身生活在这个城市里,我想我做得到。

但真正让我难下决断的是,如果我死在这里,三个孩子将会流落街头。如果丈夫还活着,他应该也会回日本。

再三犹豫不决后,内心深处的无奈致使我开始将决断的天平渐渐向撤退倾斜。

决定撤退

撤退的传言开始渐渐成为现实。有天我带着孩子朝道里公园的方向走,准备去吃中国菜,却在途中偶遇了竹中。

这真是一场不可思议的重逢。

竹中重寿是丈夫在哈尔滨学院的后辈,长久以来我们承蒙他太多的关照。在我搬出星辉宿舍时,有人跟我说“竹中已经死了并给他举行了葬礼”,现在能看到他平安无事地活着,我甚是欢喜。

他穿着铁路工人的衣服,是一名火车锅炉工,听说要去内陆地区。

“很快就能回日本了,你怎么……”我问道。

“内陆地区有很多滞留的日本军人,我的职责是引导他们加入撤退人群,把他们送回日本。”他回答道。

此外他还说了这么一句话:

“若在撤退途中遇到任何问题,还请一定告诉我。无论发生什么我都会竭尽全力地帮助你们的。”

他的这句话犹如一道光照亮了我的内心。

很多人都认为回到日本是唯一的活路。但在众多持有这种想法的人中，既有下定决心在异乡活下去的人，也有认清了自己力所能及的事情之后,竭尽全力去救助那些被国家抛弃的人的人。

我再一次告诫自己:留下也好,回国也罢,最重要的不是依靠别人,而是要坚定地遵从自己的意愿。

决定撤退之后,必须准备一下力所能及的事情以求能安全回国。想到这些,我的心情也一点点清明起来。

决定撤退之后,洋装裁缝的工作变得异常忙碌。四面八方的订单纷至沓来，其中也有要求制作撤退时用的帆布背包的订单。按照规定，每人随身携带的金钱以一千日元为上限，所以一家四口五千日元绰绰有余。这么算来的确没必要继续挣钱了，但手上的工作还是不能拒绝。

随身之物有冬夏衣物各两件,被子,不易碎的餐具,洗刷用品,食品饮料,一个背包,手表,此外还有违禁品:照片、地图、书、宝石。

撤退日程确定下来之后,我开始打包行李物品。我缝了小背包让每个孩子都背上一个。此外还给八岁的干雄和六岁的幸子的背包里分别放了衣服、粮食、毛巾,如此一来,即便他们不幸走散也不会立刻陷入困境。

听说大豆蒜味的味噌比较适宜作为随身口粮,所以我也匆忙赶制了一些。做法是把炒熟的大豆和切成末的大蒜放在平底锅里加油翻炒，加入味噌后加热浓缩。完成后将其分装在三个小茶叶罐里(这在旅行中效果最好)。

除此之外还有奶酪、萨拉米香肠、糖果、饼干、面包类。

布袋里装进了大米和玉米粉。玉米粉比大米的煮制时间要短,所以应该也能在旅行中派上用场。

此外还准备了两床被子,一床是绸缎被、一床是加入薄棉缝制的棉被,至于背带用的则是和服的男式兵儿带。

虽然还有很多要考虑的,但走的那天被告知行李已超过 12 公斤,想必也添不下更多的东西了。

夕阳西下时的松花江

出发日——九月六日

终于到了出发日。那日早晨，一出门就看到了马路上停满了马车。前来送别的遗华同胞、俄国人、中国人挤满了整条街道。由于衣服的携带量也有限制，我就索性把能穿的衣服都穿在了身上。

那日晴空万里暑气连连，穿得鼓鼓囊囊、背着背包的孩子们热得晕头转向，真是苦了他们了。

我们乘坐的马车行至车站附近的广场，便看见黑压压的人群均把行李放在身前，排成几列等待着，朝着近百名行李检查人员的方向缓缓行进。

那时的八路军已经解放哈尔滨，他们都是毛泽东率领的革命军。

那些检查人员多半是高中生模样，给我们例行检查的是一位并不和善的女高中生。

文件、风景照均不允许携带，甚至还把干雄涂鸦本上的火车画都给撕了下来，我感到很可笑。我只带了一张在太阳岛上和丈夫的合照，因松花江的风景已经被我事先裁剪掉只留下了人像才勉强获准，现在想来都不无遗憾。

检查人员发现布袋里的玉米粉之后问道："这是什么？"

"这是我们的主食。"我答道，随后我又微笑着握着孩子们的手：

"我们是一起的。"不知道这算不算是侥幸过关。

梳着发髻、穿着和服的人被带到了别的房间，据说要求他们解开发髻、脱下和服。手表原则上是允许的但却被最先没收。

"这样不知道时间怎么办？"我问道。

"在所有人中留下两只表。"他回答道。

不久，浩浩荡荡一千余人陆续乘上了无顶货运火车，一节火车车厢乘坐 40 人左右。火车车厢的车斗深度达 2 米，要顺着好几段铁梯子才能爬上车，可谓大费周章。爬上车斗后，我先安置好了行李随后坐在背包上。

上车时临近正午时分，阳光十分刺眼。

车久久不肯发车，暑热难耐，遂大家一起把床单扯开绑到车边上做了个简易的遮阳棚。

烈日炎炎下的我们，就这样坐在车斗里焦急地等待着火车出发。

火车最终是几点开动，我无从得知。我还是头一次体会到这种因不知晓时间而产生的不安情绪。

坐在车斗里的我们耳畔只听得到火车缓慢前进的声音，对周遭风景完全不得而知。

我们只是一声不响地蹲在车斗里，并没有闲情雅致沉溺于告别哈尔滨的感慨情绪中。

撤退时唯一带回的照片

和弗洛莎的最后一餐

火车并没有行驶多久就又停了下来。

没有任何指示，或许是想下车小解，有那么一两人率先下车了，我们也便跟着下去了。

周遭是一派郊外的景象，宽阔的荒地上星星点点地分布着几个土坯农舍。

这里确实很眼熟。

“呀，这里不就是萨默顿吗！”我忍不住喊了出来。

我住在大和公寓时，经常到这里散步；住在伊万诺夫家时，伊万诺夫家的帮佣弗洛莎婶婶的家也在这附近。

我还依稀记得到弗洛莎家做客时，她丈夫跳起了非常拿手的哥萨克舞。我还依稀记得当时的我们边用手扶着摇摇晃晃的橱柜边载歌载舞的情形，真的是玩得不亦乐乎。

她家离这里应该很近。

终战刚不久那会儿，我还住在军官宿舍，有一次从家出门去大直街的路上与弗洛莎的丈夫不期而遇。

“我家太太很担心淑子你呢，一直念叨着让我来看看你。”他激动地说道。我听闻此话，喜极而泣紧紧拥抱了他。

此番相遇我们都差一点就擦肩而过了。我想告诉弗洛莎我一切都好，可那之后就再也没有机会遇见。

如今弗洛莎的家就在附近，跑着去应该能见上一面。

这般想着，我便有些坐立不安了。

看到大家在火车旁三三两两悠闲地坐着，我想列车大概还会在此停很长时间吧。所以尽管有几分担心，但我仍和干雄和幸子说：“无论发生什么，都要等着我。”说完便背上登纪子一溜烟跑了。

“养牛之家”是弗洛莎家的标志，我运气不错很快就找到了她家。

弗洛莎正站在自家房前。

“弗洛莎，干雄和幸子也在哦。赶紧过来见个面吧！”我向她喊道。

弗洛莎听到我的喊话回应道：“稍等！我准备一下就过去！”

她折身回家将瓶装牛奶、煮鸡蛋和面包装进篮子里就出来了。

我担心火车是不是已经开动了，催着弗洛莎快点，就又一溜烟跑了。

远远望去，看到火车仍然静静地停在那里，瞬时觉得身体犹如被掏空一般。

“太好了！！”

大家仍旧同先前一般在火车周围无所事事地闲逛着。

“干雄！幸子！”弗洛莎大声喊着。

两人飞奔过来。他们一定是担心坏了，一副泫然欲泣的样子。

弗洛莎紧紧抱起他们俩，狠狠地亲了亲他们的脸颊。

我们在草地上铺上毡布，把篮子放在上面，大家坐在一起吃着热腾腾的鸡蛋，享受了一顿快乐的午餐。

这是和弗洛莎婶婶的"最后的午餐"。

曾经的干雄整天扯着弗洛莎的裙子，催着她给自己讲故事。

弗洛莎读连环画的时候，既有旋律又有台词，肢体语言丰富，干雄很爱听。

"还有这事儿呢，还有那事儿呢！"弗洛莎不断追寻着往昔的回忆，跟干雄和幸子津津乐道。

她说先前来过我家的丈夫已经去世，儿媳跟苏联兵跑了之后，独子也不知去向了。

"那还真是挺孤单的呢。"我说道。

"还好吧，我还有很多像家人一样亲密的朋友呢。"她笑着说道。

暮色四合之时，在车外游荡的人们纷纷上了车。

我们必须告别了。

弗洛莎两手抱着干雄和幸子，不断重复着："Прощай! Прощай!（再见！再见！）。"含泪吻了两个孩子的面颊。

最后的最后，弗洛莎和我相顾无言，只是紧紧相拥。

这便是和哈尔滨的种种回忆永远告别了。

此时此刻，贫乏的语言已经无法表达我内心的真挚感情了。

"Прощай!（再见！）"

这句饱含了弗洛莎万千感情的话将永远镌刻心中。

驶向地平线

全员到齐后，暗夜笼罩着不知何时才会发动的火车。

太阳完全下山后，火车依然静候在漆黑的夜里。

“咣当”一声划破天际，我们的“敞篷火车”毫无征兆地发动了，开始慢慢地行驶在夜色中。

经过“新京”，再从锦州跋涉至葫芦岛——这段旅程长达一个月，是一段我终生难忘的极限旅行。

对明天的生活我依然未知，但无论如何总归要活好当下。如此想来，竟产生了一种不可思议的解脱感。

人为了生存是可以超越任何极限的。

即便风吹雨打，即便露宿在毫无遮蔽的陋室，我们以堆积的背包为床，把仅有的一床被子拼凑成了我们四个人的家，只要耐住饥饿，我们就能活下去。

刚刚会说些话的登纪子不停地呢喃着:“我们回家吧。”

“无家可归的孩子”的这句话还真是让闻者落泪。但对于登纪子而言,那个仅有一床被子的安心之所,即是非常珍视的“家”。

日出东山,日薄西山,太阳就是这般永恒地向着无垠的地平线。面对大地的严酷,人类终究还是在漫漫历史长河中存活下来。

从初见这片大陆的曙光至今,业已十一年了,而我依然向着未知的明天奋勇前行。

那时的我三十一岁。

丈夫生死未卜，三个孩子嗷嗷待哺——这便是我这十一年的成果。

俄国人教会我要活在当下而且要活得漂亮，怀着这份回忆，无论身在何处我都能步履坚定。

就像野草一般,永远扎根田野,即使无人问津仍要静静绽放。

结　语

加藤登纪子

生于哈尔滨的我重归哈尔滨已是1981年的夏天。适逢我作为日本歌手受邀参加哈尔滨之夏音乐会之时。

从北京乘火车，途经锦州、沈阳（原奉天）、长春（原"新京"），到达哈尔滨时已是夕阳如丹的傍晚。

刚踏上站台便看见了迎接我们的人群手捧鲜花向我们奔跑而来。

马路还是我两岁八个月撤退那时的模样，在中途站点停车时，我还见到了当时载我们的那种大的无顶火车。

"我回来了！！"一直想着什么时候要回一趟哈尔滨，如愿以偿的这一刻我内心澎湃不已。

我激动地和迎接我的人们相拥，忍不住潸然泪下。

那位一直用坚实臂膀环抱我的女士似是了解我心思一般，哄婴孩一样轻轻拍打着我，朝我微笑着。

“欢迎回来，你的生身故乡。”

在中国遇见的每个人都这样说。

“你在这里出生，所以我们作为乡亲来迎接你了。”

在展览馆举办的音乐会以一首蒙古歌《Eejdee》（母亲）拉开序幕。

“抱我在胸前，负我于背上，

哺育我长大，渐渐老去的母亲。”

我的父亲和母亲都在音乐会现场听我唱歌。

母亲素来不喜多愁善感，想必不会有太深的感慨。而我的脑海里却浮现了太多曾经可能发生的事情，想起了记忆里那个小小的我。

歌曲终了我静立着，观众报以热烈的掌声。

刚学战争史时，对于自己在日本作为侵略者入侵的那个国家出生的这件事情，我时常感到左右为难，甚至埋怨责难过父亲。

有时也会喃喃自语道：“我活在世上并无故乡，这便是我的宿命。”

中学时代，中苏关系对立激化，导致许多俄裔撤离中国来到日本，父亲和母亲便开了一家俄式料理店，取名“松花江”。

在那里我认识了只懂一点日语皮毛的路巴、加里纳、艾莉卡，以及和日本人结婚又离婚的厨师大婶库塞尼亚等人。那是一个生趣盎然的地方，几乎再现了哈尔滨俄国人街的风情。

每逢快要打烊时，好多俄国人会聚集在小店里，小酌伏尔加酒朗声高唱。这时候父亲也会一展歌喉秀上一把，赢得一片欢呼声。

碰上我去店里的时候，他们就会喊“милый，девочка（好可爱的小姑娘）”，然后抱着我喂给我些特别美味的蛋糕，哼唱歌曲给我听。

我想如果没有俄式料理店“松花江”的存在，于我而言哈尔滨这座城市只不过是段终了的遥远过去，我对唱歌想必也不会用情至深。

“松花江”镌刻在我内心深处的是背井离乡人们的一片赤诚之心。

他们知晓：无关乎守护我的祖国，且与生我养我的故土亦无瓜葛，只有音乐才是维系的纽带。

所谓活下去，就是热爱同胞、拥抱生命、享受美食、痛饮美酒、载歌载舞……

1981 年的夏天旅行中，我和父母一起旧地重游，重访了很多曾经有些因缘的旧宅。

有父母新婚时期入住的玛利亚·尼古拉耶夫娜的家、饲养猪和鸡的托赫洛家、种着苹果树的伊万诺夫家。就连我出生的辽阳街宿舍和终战时期的奉天街宿舍甚至也都还在！

当我在纸上写下“我·诞生”字样给附近住家看时，大家都热情地围了上来：

“来我家喝杯茶吧。”

我在这里似乎很受欢迎。

重访我们撤退前住的位于外国三道街的旧宅时，恰好有一个两岁左右的女孩子和稍大的小姐姐手拉手站在房子前。

那一瞬，恍惚间有一种我和姐姐幸子站在这里的错觉，消失如烟的记忆仿佛又回来了。

起初，母亲一个人沿街转了一圈回来后说，30 年后的哈尔滨街道比以前更脏了，糟糕透了。

“这也没办法呀，同一栋建筑过上 30 年变得脏兮兮也是很正常的。因为人口增加，所以砍掉了曾经栽种的苹果林，周边建起了很多小房子，到处都是拆房子的废料，不过那是冬天用来取暖烧的哦。这里的冬天非常寒冷。所以我们不能说哈尔滨是个脏兮兮的城市，因为这就是这里的生活呀。”

一直跟我们热聊的母亲最后说了这番话：

“我是不想回到日本了，这才是我的城市。”

现在，母亲终于决定写下这本书，亲笔完成了多达 200 页的书稿。

对母亲记忆的准确性和凡事都能洞察到细节的敏锐观察力，我着实惊异。

说来也凑巧，我们每次移居都会遇上生活方式迥异的俄国人，他们各自都矜夸于自己的生活方式，母亲对这一点记忆深刻。

透过母亲的纸笔，他们亲手开创美好生活的那份喜悦和丰盈之情，如同一帧帧清晰的画面，鲜活地浮现在我的脑海中。

如今，对于我们业已失却的那种“认真生活的方式”，我怀着一种迷恋式的憧憬。

无论哪个国度爆发战争，无论哪座城市政权如何更迭，身处连身份认同都危险万分的异乡，都要坚定"守护自己生活"的信念。

那些饱受历史命运摇摆的俄国人也好，犹太人抑或是中国人也罢，与其说是依靠国家力量和权力力量，不如说是依靠作为单纯个体的实际力量而努力生存着。母亲亦从中深切体悟到了生而为人最为珍贵的尊严。

作为战败国日本的一员，在战乱之地拉扯三个孩子平安长大已实属不易，但母亲却从中学到了很多东西。

"所谓活着，就是向着明天，活好今天。"

21 世纪的日本，太多人对未来生活充满了不安与迷茫。到底应该依靠什么信念生活下去成了时代留给每个人的难题。

无论何时，只要不忘坚定步伐热爱生活，学会讴歌生活的美好，生命总会绽放无限光芒。

幸福从来不会凭空降临，而在于"我想幸福"的美好祈愿当中，这一点我此生无法忘怀。

在以前，母亲一直纠结于写私事是否会有荒唐冒昧之感。如今 91 岁高龄的母亲却燃起了想记录点什么的执念。我在这里要对母亲的这份执念说声谢谢。

曾经一起生活过的人们既有英年早逝的，亦有福寿延年的。他们每一个人都在母亲的记忆里留下了浓墨重彩的一笔，然后逐渐告别这个世界。

1995 年摄于哈尔滨郊外

“如果再早些来，就能有人听得到我说话了。”

执笔期间的母亲多次这样慨叹道，语气间不免遗憾。

父亲去世已经14年了，虽不能倾听母亲的诉说了，但母亲用反复阅读父亲自传《风来漫步》的方式，与父亲继续相处着。

“还有这样的事儿啊，我竟一点都不知道。写得真全啊。”

我也曾这样读过父亲的书，母亲的书亦然。我欢喜地在心底描绘着属于自己的历史影像。

当然男性和女性视角的不同，描绘出的不同风格也引我阵阵发笑。

父亲的书中，描绘家事的只有寥寥数行。男人关心的总归是国事、天下事还有工作琐事。

而贯穿母亲记忆始终的却是“今日的早饭”、“睡床”和比什么都重要的“为避免因凡俗琐事而哭泣，需在千钧一发之际做出最完美的决定”。

生命也就是靠着男人和女人这两个车轮而滚滚向前。

如果说此前很多被称之为历史的事件都是男性的杰作，那同样的道理，女性创造的记忆也是不可或缺的。

即使世界覆灭，生命也不会停止。

这种坚持不懈活下去的信念，承载着生命的延续，便是女性的历史。

我将此铭记于心，推出此书向所有的母亲致敬。

我发自肺腑地爱着这个生我养我的哈尔滨……

2006年7月

后　记

加藤淑子

昭和十年(一九三五年),苏联将中东铁路管辖权移交“满洲国”,随后撤离哈尔滨,彼时适逢我初来哈尔滨。我以为,对于彼时生活在哈尔滨的俄国人来说,他们的境况应该跟我们战后的情况十分相似。

然而,他们矢志不渝地坚守着自己培育的文明成果,即便是处在日本和“满洲国”的统治下,他们依然高傲地守护着自己的文化,以教会为中心快乐地生活着。

当时只有二十岁的我从他们那里受到了很多家务事的启蒙,因此新婚生活得以圆满幸福。纵然时光已逝,却并没有消磨掉我对他们的尊敬和眷恋之情。

哈尔滨生活着将近六万的俄国人。在此其中,我结识了这样一群人:他们会轮番表演歌剧《卡门》《椿姬》《黑桃皇后》,演奏交响乐,信奉神明,互帮互助,高傲地活着。而当我身处战后的困难当中,没有为贫苦而气馁,而是乐观快乐地生活下去,这也全都归功于这群人的耳濡目染。

拙作若能给读者传达出一些已然逝去的“俄国人的哈尔滨”的样子,我就心满意足了。

死于战后混乱的人们,行踪不明的人们,与太多人的悲伤离别,这些属于哈尔滨记忆里的旧人,至今回想起来亦有恍如隔世之感。如今我想再次向他们表达沉痛哀悼,敬祈冥福。

我是幸运的,健康幸福地活到了九十一岁,膝下子女三人,孙辈九人,重孙辈十一人。

对于生命无限传承下去的感激之情自不待言,我也越发希望这个时代的人们能够体会到这份活着的喜悦。

无论时局如何动荡,创造每天生活的是我们每一个人。

所以请尽情享受属于自己的美好人生。

值此付梓之际,向为本书提供出版机会的发行人——藤原书店的藤原良雄先生和能泽寿彦先生,向一直以来为本书付诸心血的山崎优子女士表示衷心感谢。

此外,向誊清拙作原稿的野口优子女士,向为本书提供插图的各位好友一并表示感谢。

2006 年 7 月

加藤淑子年谱

加藤淑子
加藤登纪子

1910 年（明治四十三年）

5 月 16 日，幸四郎出生于京都市下京区，是绸布店“升常商店”的津田常七和梦芽的第五个儿子。

◇8 月，日本签订了关于与韩国合并的《日韩合并条约》。

1915 年（大正四年）　0 岁

4 月 9 日，淑子出生于京都市六条通，是田中源太郎和藤的长女。

◇1 月，日本对华提出《二十一条》。

1916 年（大正五年）　1 岁

因为弟弟妹妹相继出生，所以淑子被送到位于京都东中筋通前的祖母加藤花的家中。

◇1 月，吉野作造主张“民本主义”。

1917 年（大正六年） 2 岁

◇11 月，苏维埃政权建立（俄国十月革命）。

1918 年（大正七年） 3 岁

◇7 月，“米骚动”爆发。8 月，政府宣布出兵西伯利亚。

1920 年（大正九年） 5 岁

4 月，淑子进入杨梅幼儿园。

◇1 月，国际联盟成立。8 月，“尼港事件”爆发。10 月，哈尔滨学院前身——日俄协会学校建校。

1922 年（大正十一年） 7 岁

4 月，淑子进入尚德小学，并从花子家回到父母田中家。

◇7 月，日本共产党非法成立。10 月，西伯利亚派遣军队完成撤军。

1923 年（大正十二年） 8 岁

4 月，幸四郎进入京都府立第二中学。

9 月，受日本关东大地震影响，位于日本桥的升常商店东京分店受到毁灭性破坏，之后家族生意日渐没落。

◇9 月，龟户事件爆发。12 月，虎门事件爆发。

1925 年（大正十四年） 10 岁

◇3 月，通过《普通选举法》。

1928 年（昭和三年） 13 岁

4 月，淑子进入京都市立第一女子高中（现在的堀川高中）。淑子的女权意识增强，女校也形成了较为开放的氛围。随后淑子进入排球部，开始勤奋练习排球。

◇2 月，第一次普通选举。3 月，“三一五事件”爆发。6 月，张作霖被炸身亡。

1929年(昭和四年)　14岁

4月,幸四郎进入日俄协会学校(后来的哈尔滨学院),后藤新平送其前往哈尔滨。

◇10月,纽约股市大崩盘,引发全球经济危机。

1931年(昭和六年)　16岁

6月,淑子成为加藤花的养女。

◇3月,"三月事件"(未遂政变)爆发。9月,九一八事变爆发。10月,"十月事件"。

1932年(昭和七年)　17岁

3月,幸四郎从日俄协会学校毕业,回到日本。

12月,幸四郎加入福知山步兵第二十团(1933年11月退伍)。

◇3月,宣布建"满洲国"。5月,"五一五事件"爆发。

1933年(昭和八年)　18岁

3月,淑子从京都市立堀川女子高中毕业。同年进入位于堂岛大楼的西式裁缝学院,学习洋装西式裁剪。

◇3月,日本退出国际联盟。6月,佐野学、锅山贞亲发表《转向声明书》。

1934年(昭和九年)　19岁

8月,淑子在由良海岸(京都府丹后)邂逅津田幸四郎。

◇3月,溥仪成为"满洲国"皇帝。

1935年(昭和十年)　20岁

4月,幸四郎就职于哈尔滨特务机关(8月离职)。

8月,幸四郎进入南满洲铁路公司,入职哈尔滨铁路局人事科。由于工作性质事关白俄人，所以和居住在哈尔滨的俄国人的关系日益紧密。

10月10日，淑子与幸四郎成婚。15日，夫妻二人从京都站出发，经由下关至釜山，跨过鸭绿江前往哈尔滨。18日，抵达哈尔滨。租住在玛利亚·尼古拉耶夫娜家中，开始了新婚生活。玛利亚·尼古拉耶夫娜的家位于中央寺院附近，其丈夫原是中东铁路的总务部长，当时刚去世不久。进入新家的第二天，淑子开始在日常生活中学习俄语。

◇3月，“满洲国”接收苏联的北满铁路。4月，溥仪访问日本。8月1日，中国共产党发表《八一宣言》。同年哈尔滨特务机关在中央大街成立“白俄人事务局”。“满洲国”收购苏联中东铁路并委托南满洲铁路经营。

1936年(昭和十一年)　　21岁

4月，因玛利亚·尼古拉耶夫娜的儿子鲍比亚远赴美国，加藤夫妇便随她一同搬往位于吉林街的多姆·萨哈罗夫家。

5月，萨哈罗夫一家搬离，斯特拉库斯夫妇成为房东。

夏天，加藤夫妇前往幸四郎的朋友在太阳岛的дача(俄式郊外别墅)玩耍。

10月，加藤夫妇迎来结婚一周年纪念日。

11月，加藤夫妇短暂回国，并以此为契机，搬到了位于义州街的留希科夫家。铁路局夜间警察留希科夫夫妇二人的副业是制作人型模特。

在此期间，淑子通过四个月的俄语私人课程，基本掌握了俄语日常会话。但由于幸四郎将声乐家教更换为洛特希夫妇，所以淑子被迫中断俄语课程，买了胜家缝纫机开始学习缝纫机刺绣。淑子也是在这时候第一次倾听哈尔滨交响乐团的公开演出。

◇2月，“二二六事件”爆发。3月，日苏于中苏边境的长岭子发生冲突。7月，西班牙内战爆发。11月，日德签订《日德防共协定》。

1937年（昭和十二年） 22岁

6月，加藤夫妇搬到大和公寓。房东是中国人，租户全部是日本人，生活方式发生突变。淑子在中东铁路原职工保罗基奇的介绍下买了钢琴。幸四郎跟随萨迪科夫学习声乐，每天练习《我亲爱的》。

◇7月7日，“卢沟桥事变”爆发。8月，“第二次上海事变”爆发。中日全面开战。12月，日本军占领南京。

1938年（昭和十三年） 23岁

2月5日，淑子的长子干雄出生。

自6月起淑子一家前往太阳岛的宾馆避暑。8月返回大和公寓。

◇1月，在第一次《近卫声明》中，提出拒绝与国民政府和平谈判。3月，德国吞并奥地利。4月，日本公布《国家总动员法》。

1939年（昭和十四年） 24岁

春季，淑子的父亲田中源太郎与友人一行四人从京都前往哈尔滨。

6月，加藤一家租借了位于松花江太阳岛湖岔处的дача（俄式郊外别墅）避暑。

8月，加藤一家因汛期提前返回大和公寓，发现公寓已经被占用，遂搬往位于马家沟的托赫洛家。托赫洛是火车锅炉工，家里养着猪和鸡，夫妻二人过着自给自足的生活。干雄备受托赫洛夫妇的疼爱。

10月，淑子的第二个孩子即将出生，因此淑子重返京都。在岚山的今道家、市内的田中家、上贺茂的津田家来回串门打发生活。

◇3月，德军入侵捷克。5月，“诺门坎事件”爆发。9月，德军进攻波兰，第二次世界大战爆发。

1940年（昭和十五年） 25岁

1月4日，津田家在京都圆山举办新年宴会。5日，淑子的长女幸子出生。

2月23日，淑子停留京都期间，祖母花子因胃癌去世，享年七十二岁，葬礼在京都举行。

3月，淑子从京都返回哈尔滨。

夏天，加藤一家在保罗基奇的介绍下搬到了马家沟（电车终点站前）的伊万诺夫家。伊万诺夫家的院子里种着十三棵苹果树，萨迪科夫成为家中食客。女佣弗洛莎进入伊万诺夫家，淑子熟练掌握各种料理的做法。

◇6月，意大利向英法宣战。同月，德军未经战斗攻入巴黎。8月，德军开始轰炸英国本土。

9月，日军进驻北部法属印度支那。同月，德意日签署《三国同盟条约》。10月，大政翼赞会成立。

1941年（昭和十六年） 26岁

这一时期，在伊万诺夫夫人的介绍下，淑子开始背着幸子上钢琴课。

5月，幸四郎的弟弟津田寿造和山内千代成婚，借此机会萨迪科夫返回太阳岛。

6月，幸四郎收到秘密召集令，作为陆军少尉应召，加入阿穆尔河沿岸的黑河稍南的孙吴部队。27日，淑子在哈尔滨站和幸四郎告别，淑子带着千雄、幸子返回京都，住在靠近上贺茂新町路玄以町的出租房内。此时，千雄已经上了幼儿园，幸子身体不佳，几经辗转终得痊愈。

8月末，幸四郎驻留在满苏边境黑河的特务机关。

◇4月，日苏签订《日苏中立条约》。12月8日，日军偷袭珍珠港，太平洋战争爆发。

1942年(昭和十七年)　27岁

继续在京都生活。

1月，幸四郎进入神武屯的俄语教育队。

9月，幸四郎进入哈尔滨俄语教育队。

10月，淑子、千雄、幸子从京都返回哈尔滨，住在辽阳街的军官宿舍里。淑子开始跟着波兰女老师学习钢琴。

◇4月18日，美军B-29轰炸机首次空袭东京、名古屋、神户等地。6月，日本联合舰队兵败“中途岛战役”。9月，“满铁调查部事件”发生。11月，苏军在斯大林格勒向德军展开大反攻。

1943年(昭和十八年)　28岁

6月—8月，加藤一家在松花江太阳岛租借了在船厂工作的夫妇的дача(俄式郊外别墅)，与石川夫妇共度夏天。

秋天，加藤家宾客如同往昔一般络绎不绝。幸四郎参加了“俄国东方侵略史”课程，每日发奋学习。

12月27日，淑子的次女登纪子出生。登纪子的预产期提前一个月，是个早产儿。

◇2 月，日军开始撤离瓜达尔卡纳尔岛。5 月，日军守备队在阿图岛战败。9 月，意大利无条件投降。

10 月，举行"学徒出阵壮行会"。11 月，召开大东亚会议。

1944 年（昭和十九年） 29 岁

4 月，干雄就读哈尔滨白梅小学。

8 月，幸四郎转任于奉天防卫司令部，搬入奉天单身宿舍。

10 月，加藤一家举家搬往位于奉天朝日街的满铁员工宿舍，宿舍建筑和室内设计均为日式。淑子雇用了朝鲜籍女佣，每日早晨开始背着登纪子参加防空训练。干雄转学至奉天千代田小学。

12 月，美军 B-29 空袭奉天。淑子和孩子们在壁橱内避难。此后又经历了数次空袭。幸四郎担任美军俘虏的调查工作。

◇6 月，联军登陆诺曼底。同月，"马里亚纳海战"爆发。7 月，日本守备队在塞班岛战败。8 月，英美联军进入巴黎。10 月 23 日，莱特湾海战爆发。24 日，B-29 首次空袭东京。

1945 年（昭和二十年） 30 岁

4 月，幸子进入奉天大山幼儿园。

6 月，幸四郎接到前往朝鲜济州岛防卫部队的机动命令。淑子和三个孩子返回哈尔滨，四人住进位于奉天街的军官宿舍里。干雄再次转学到哈尔滨白梅小学。

8 月，幸四郎被派遣到朝鲜罗南司令部（终战后，在朝鲜古茂山集中营成为俘虏）。为了夫妻团聚，淑子买了 8 月 11 日的火车票前往朝鲜。9 日，天还未亮，窗外一片电闪雷鸣般的景象，苏军参战，列车停运，淑子不得已放弃朝鲜之旅。15 日早晨，广播里的《海行兮》静静流淌，正午时天皇发布终战广播。23日，淑子与孩子们乘坐军用卡车前往星辉宿舍收容所。25日前后，苏军开始大规模掠夺。27日，苏军的大规模掠夺持续了三天。

9月，淑子和星辉宿舍里的同伴受奥萨奇中尉的委托，做了数日清扫工作。淑子开始用零碎布头制作人偶，卖给苏军，随后整个星辉宿舍掀起了制作人偶的热潮。

10月，淑子在秋林百货商店和俄国人一起做裁缝。

11月7日俄国革命纪念日，星辉宿舍的妇女们制作挡墙防卫酒后唱歌游街的苏联士兵。

11月末，淑子与孩子们搬出星辉宿舍，寄住在临近中央大街的外国三道街的山内家，淑子开始从事洋装裁缝的工作。

◇2月，雅尔塔会议召开。3月9日，东京大空袭爆发。13日，大阪大空袭爆发。4月1日，美军登陆冲绳。7月2日，冲绳岛战役结束。8月6日，广岛遭到原子弹轰炸。9日，长崎遭到原子弹轰炸。12日，日本关东军司令部转移至通化。

15日，日本无条件投降。23日，苏军占领满洲。

1946年（昭和二十一年）　31岁

1月，苏联将哈尔滨的行政权移交国民党，日本人小学得以复课。干雄就读于私塾式日本人学校。这一时期，淑子每天缝制服装，开始逐渐适应中式饮食生活。

入春后的傍晚，淑子开始在松花江洗衣服。

4月25日，八路军进入哈尔滨。随后不久，苏军军票失效。

7月，签订撤退协定，处于撤离哈尔滨还是留在哈尔滨的两难境地。

9月6日，淑子与孩子们从哈尔滨站出发，乘坐无顶货运火车开始撤退。在萨默顿乡下停车期间，与弗洛莎依依惜别。

10月6日，淑子与孩子们到达辽宁省葫芦岛，并乘坐“远州号”于第三日抵达佐世保港，16日登陆，被集中到针尾岛的收容所。

19日，到达京都站，淑子与孩子们返回位于六条的田中老家。淑子开始带着登纪子在洋装裁缝店工作。

◇1月1日，天皇发表《人间宣言》。5月3日，远东国际军事法庭开庭。11月3日，颁布《日本国宪法》。12月，西伯利亚撤退的第一批人员乘船抵达舞鹤港。

1947年（昭和二十二年）　32岁

1月2日，淑子收到幸四郎“已到佐世保”的电报。

1月末，幸四郎返回京都站。

3月，幸四郎入职国王唱片。

4月，加藤一家搬至东京原宿。

8月，幸四郎在板桥区大山购得一处住房，举家搬往新宅，淑子开始重拾洋装裁缝工作。

◇1月，驻日盟军总司令下令终止“二一大罢工”。8月，巴基斯坦和印度相继独立。

1949年（昭和二十四年）　34岁

8月，幸四郎母亲梦芽去世后，决定搬到京都上贺茂。

10月，举家搬到上贺茂后，因兄长津田喜次郎一家突然回家，遂搬到后院的小隔间内。干雄和幸子转学至上贺茂小学。

◇7月，“下山事件”“三鹰事件”相继爆发。8月，“松川事件”爆发。10 月，毛泽东主席宣布成立中华人民共和国。12 月，印度尼西亚共和国成立。

1950 年（昭和二十五年） 35 岁

淑子开始从事洋装裁缝工作以维持生计。

3 月，幸四郎从国王唱片公司离职。

4 月，干雄进入加茂川中学。登纪子进入上贺茂小学。

10 月，幸四郎开办京都歌谣学院（1952 年 3 月关闭）。

◇6 月，“朝鲜战争”爆发。7 月，“赤色整肃”开始。8 月，发布警察预备队命令。

1951 年（昭和二十六年） 36 岁

1 月，登纪子开始进入“长曾我部浜子芭蕾舞团”学习。

5 月，登纪子进入京都歌谣学院童谣部。

◇7 月，朝鲜停战会议召开。9 月，旧金山和会召开，会上签订了《旧金山对日和约》和《日美安全保障条约》。

1952 年（昭和二十七年） 37 岁

3 月，京都歌谣学院撤校，淑子将钢琴搬到上贺茂的家。

4 月，幸四郎入职太平唱片（之后更名为日本水星唱片）公司，每天四处巡演，日子十分清苦。

◇5 月，“血色五一事件”爆发。7 月，制定《破坏活动防止法》。10 月，成立保安队。

1953 年（昭和二十八年） 38 岁

在哈生活过的俄国人，成为“松花江”主厨的库塞尼亚到达舞鹤。

◇3 月，恢复从中国的撤退事宜。7 月，在板门店签订《朝鲜停战协定》。

1955 年(昭和三十年)　40 岁

2 月,幸四郎因水星唱片开设演艺部,调往东京。

10 月,钢琴家奥斯卡·皮特森主演的 JATP(Jazz at the Philharmonic)公开演出,盛况空前。

◇4 月,亚非会议在万隆召开。6 月,日本共产党第六次全国代表会议召开。

1956 年(昭和三十一年)　41 岁

3 月,干雄从洛北高中毕业。

4 月,幸子进入紫野高中。登纪子进入加茂川中学。

8 月,加藤一家前往东京住在经堂。幸子转学至驹场高中音乐专业。登纪子转学至樱木中学。

◇10 月,签订关于恢复日苏邦交的《日苏共同宣言》。同月,匈牙利起义爆发。

1957 年(昭和三十二年)　42 岁

4 月,干雄进入一桥大学学习。

7 月,俄式餐厅"松花江"新桥店开业(1958 年 11 月停业),成为日本俄式餐厅的先锋。淑子和幸四郎为了保障流亡海外的俄国人的生活,聘请俄国人担任厨师长和服务员,客人多是从哈尔滨回国或是曾被扣留在西伯利亚的日本人。

◇8 月,最后一批人员从苏联回国,到达舞鹤。10 月,苏联成功发射"斯帕特尼克 1 号"人造地球卫星。

1958 年(昭和三十三年)　43 岁

10 月,"松花江"京桥店开业(1960 年 7 月停业)。

◇8 月以后，中国全面推进人民公社化。

1959 年（昭和三十四年） 44 岁

3 月，水星唱片解散，幸四郎开办“加藤制片”。

4 月，幸子进入国立音乐大学的小提琴专业学习。登纪子入学驹场高中。

◇6 月，新加坡独立。9 月，赫鲁晓夫访问北京，中苏意见分歧表面化。

1960 年（昭和三十五年） 45 岁

8 月，“松花江”餐厅歌舞伎町店开业（1973 年 6 月迁址）。

◇6 月，“安保斗争”爆发。同月，《日美安全保障条约》自动成立。10 月，日本社会党委员长浅沼稻次郎遭到刺杀。同年，非洲国家相继独立。

1961 年（昭和三十六年） 46 岁

3 月，干雄从一桥大学毕业；4 月，干雄入职住友金属工业公司。

6—8 月，幸四郎访苏，进行歌舞伎公开演出。

8 月，淑子和幸四郎卖掉位于经堂的房子，搬到西大久保的出租房内。

10 月，幸四郎入职飞行馆工作室（后更名为“日本广播录音”）。

◇4 月，苏联的加加林乘坐宇宙飞船成功绕地球飞行一周。

1962 年（昭和三十七年） 47 岁

登纪子进入东京大学学习。

◇10 月，古巴导弹危机。

1963 年(昭和三十八年)　48 岁

3 月,幸子从国立音乐大学毕业;4 月,进入大阪交响乐团。

7 月,中苏在莫斯科召开会议,谈判失败,中苏关系对立激化。

1964 年(昭和三十九年)　49 岁

10 月,淑子和幸四郎买入位于千驮谷五丁目代代木大厦的楼盘。

◇8 月,发生“北部湾事件”。同月,越南反战集会在东京举行。10 月,东京奥运会开幕。

1965 年(昭和四十年)　50 岁

库塞尼亚离开“松花江”。

7 月,登纪子在歌谣大赛中脱颖而出。

◇2 月,美国对越南进行轰炸。3 月,苏联成功实现人类首次太空行走。

1966 年(昭和四十一年)　51 岁

12 月,登纪子凭借《红色气球》荣获唱片大赏新人奖。

◇2 月,苏联的无人月球探测器首次实现月面软着陆。5 月,中国爆发“文化大革命”。

1967 年(昭和四十二年)　52 岁

3 月,“松花江”新宿昴星店开业。库塞尼亚前往澳大利亚。

◇10 月,“第一次羽田事件”爆发。11 月,“第二次羽田事件”爆发。

1968 年(昭和四十三年)　53 岁

3 月,登纪子从东京大学毕业。

◇1 月,“布拉格之春”。8 月,苏联等五国联军占领捷克。10 月

21日国际反战日，学生占领国营铁路新宿站。

1969年（昭和四十四年） 54岁

12月，登纪子凭借《一个人睡着时的摇篮曲》获唱片大赏歌唱奖。

◇1月，首次举行关于越南问题的巴黎谈判。7月，美国“阿波罗11号”首次实现载人登月。

1971年（昭和四十六年） 56岁

12月，登纪子凭借《知床旅情》荣获唱片大赏歌唱奖。

◇6月，举行“冲绳归还协定”的签字仪式。8月，美国总统尼克松发布“美元防卫对策”（美元冲击）。

1972年（昭和四十七年） 57岁

3月，幸四郎离开日本广播录音公司。

5月，登纪子和藤本敏夫在狱中结婚。

11月，幸四郎在京都开办俄式餐厅“基辅”。

◇2月，尼克松首次访华。9月，田中角荣首相访华，签署《中日联合声明》。

1973年（昭和四十八年） 58岁

3月，干雄调往纽约工作。

8月，“松花江”西武新宿店开业。淑子送干雄的第二个孩子去纽约。

10月，幸四郎设立“日本俄国料理店协会”。

◇1月，签订《越南问题的巴黎协定》。8月，“金大中事件”爆发。10月，发生石油危机。

1975年（昭和五十年） 60岁

8月31日—9月11日，举办第一届“日本俄国料理店协会”

研修旅行。去了莫斯科、列宁格勒、基辅。

◇4 月,“南越”政权无条件投降。7 月,苏联“联盟 19 号”和美国“阿波罗”成功实现首次国际空间站对接。

1976 年(昭和五十一年)　61 岁

9 月 5 日—17 日,举办第二届“日本俄国料理店协会”研修旅行。访问了莫斯科、基辅、巴库、第比利斯、埃里温。

◇2 月,洛克希德事件。7 月,田中前首相遭逮捕。9 月,中国共产党主席毛泽东逝世。10 月,中国政府逮捕“四人帮”。

1977 年(昭和五十二年)　62 岁

6 月 19 日,淑子母亲田中藤去世,享年 84 岁。

1978 年(昭和五十三年)　63 岁

5 月 26 日—6 月 9 日,举办第三届“日本俄国料理店协会”研修旅行。访问了哈巴罗夫斯克(伯力)、莫斯科、列宁格勒、诺夫哥罗德、弗拉基米尔、苏兹达尔、扎戈尔斯克。

◇8 月,签订《中日和平友好条约》。12 月,中美邦交正常化。

1979 年(昭和五十四年)　64 岁

2 月,淑子一家参加“家庭对抗歌会”获胜,跟幸四郎和幸子访问泰国曼谷和芭提雅。

5 月 26 日—6 月 9 日,举办第四届“日本俄国料理店协会”研修旅行。访问了哈巴罗夫斯克(伯力)、新西伯利亚、塔什干、阿什哈巴德、基辅、里加、莫斯科。

8 月,淑子一家参加“家庭对抗歌会”获胜,获得欧洲旅行机会。访问了阿姆斯特丹、马德里、尼斯、威尼斯、米兰、巴黎等。

◇1 月,伊朗伊斯兰革命爆发。2 月,中越战争爆发。6 月,东京峰会召开。12月,阿富汗发生政变。苏军进攻阿富汗。

1981年(昭和五十六年) 66岁

8月,登纪子赴哈尔滨参加哈尔滨之夏音乐会。淑子和幸四郎同行,时隔35年再访哈尔滨。

幸四郎出版自传《风来漫步》(樱书房)。

◇3月2日,47名遗华孤儿首次赶往日本。12月,波兰发布“戒严令”(镇压波兰团结工会)。

1982年(昭和五十七年) 67岁

11月,淑子和幸四郎举行“基辅”餐厅店庆10周年纪念派对。

◇6月,美苏开始削减战略武器谈判。

7月,中国政府谴责日本教科书内容等。

1983年(昭和五十八年) 68岁

6月6日—16日,举办第五届“日本俄国料理店协会”研修旅行。去了莫斯科、基辅、列宁格勒。

◇8月,菲律宾在野党议员阿基诺在马尼拉机场被杀害。9月,大韩航空客机被苏联军机击落。

1985年(昭和六十年) 70岁

4月30日,淑子父田中源太郎去世,享年96岁。

◇3月,科学技术博览会于茨城县筑波市开幕。8月,日航客机发生坠落事故。

1987年(昭和六十二年) 72岁

淑子与登纪子同行,参加登纪子在美国四个城市的首唱会。

◇12月,美苏签订《中导条约》。

1988年(昭和六十三年)　73岁

干雄第二次前往纽约工作。

10月,登纪子在纽约卡内基音乐厅举办音乐会,幸四郎与幸子陪同前往。

◇6月,"里库路特贿赂"丑闻。8月,两伊战争实现停战。

1990年(平成二年)　75岁

11月,登纪子再次在纽约卡内基音乐厅举办音乐会。

◇3月,立陶宛独立。8月,爱沙尼亚独立。10月,德国实现国家统一。

1991年(平成三年)　76岁

6月,兼具欣赏音乐的小剧场职能的俄式餐厅"剧院·松花江青山店"开业。

同年,淑子前往美国访问纽约、旧金山、洛杉矶(迪斯尼乐园)等。

◇1月,海湾战争爆发。7月,《华沙条约》失效。12月,苏联解体。

1992年(平成四年)　77岁

8月,干雄从纽约转到东京工作。

8月20日,幸四郎去世,享年82岁。

11月,"基辅"餐厅店庆20周年纪念派对。

◇6月,南斯拉夫解体。

10月,天皇和皇后首次访问中国。

1993年(平成五年)　78岁

5月,将幸四郎的骨灰撒向松花江。一同前往的包括淑子、干雄和妻子智惠子以及幸子。

8月，细川护熙首相召开记者会，明确表明“此前的战争为侵略战争”。12月16日，田中角荣逝世。

1995年（平成七年） 80岁

6月，石村博子所著《哈尔滨新宿物语——加藤登纪子的母亲动荡半生记》（讲谈社）出版。

9月，淑子参与录制NHK节目“我心之旅”，再度和登纪子一同前往哈尔滨。

◇1月，阪神大地震。3月，地铁沙林毒气事件。

8月，村山富市首相发表战后50年谈话，表示“就殖民地统治和侵略向亚洲各国表示道歉”。

1997年（平成九年） 82岁

9月，“松花江”店庆40周年。

◇2月，邓小平去世。7月，中国对香港恢复行使主权。

2002年（平成十四年） 87岁

7月31日，登纪子丈夫藤本敏夫去世，享年58岁。

2003年（平成十五年） 88岁

4月9日，淑子庆祝米寿（译者注：“米”字可拆成“八十八”，故88岁亦称为“米寿”）。

◇3月，伊拉克战争爆发。

2005年（平成十七年） 90岁

4月9日，淑子庆祝卒寿（译者注：“卒”的草体是“卆”，由“九”“十”组成，故90岁亦称“卒寿”）。

2006年（平成十八年） 91岁

4月9日，登纪子等人为淑子举办生日晚会。

◇关于世界史和日本史的相关叙述参考以下资料：

岩波书店的《近代日本综合年表》（第三版）、小学馆的《20世纪年表最终版》、拓殖大学海外研究所的《中国近·现代史略年表》，以及其他资料。